ତିନି ଓସ୍ତାଦ

ଡକ୍ଟର ପ୍ରତିଭା ରାୟ

 BLACK EAGLE BOOKS

USA address:
7464 Wisdom Lane
Dublin, OH 43016

India address:
E/312, Trident Galaxy, Kalinga Nagar,
Bhubaneswar-751003, Odisha, India

E-mail: info@blackeaglebooks.org
Website: www.blackeaglebooks.org

First Published in Odia 2004
by Adya Prakashani, Bhubaneswar-5

First International Edition Published by
BLACK EAGLE BOOKS, 2021

TINI OSTAD
A novellet for children by **Pratibha Ray**

Cover & Interior Design: **Narottam Behera, Adya Prakashani**

ISBN- 978-1-64560-208-8

Printed in the United States of America

ଉତ୍ସର୍ଗ

ଯେଉଁମାନଙ୍କୁ ଗପ କହୁ କହୁ ଏ କାହାଣୀର
ସୃଷ୍ଟି, ମୋ ସଂସାରର ସେହି 'ତିନି ଓସ୍ତାଦ'
ଆଦ୍ୟାଶା(ଡୋଜି), ଅନ୍ୱେଷ(ରକି),
ଅୟସ୍କାନ୍ତ(ଲକି) ଓ ସମସ୍ତଙ୍କ ଘରର
କୁନି ଓସ୍ତାଦମାନଙ୍କ ହାତରେ...

ଲେଖିକା—

'ତିନି ଓସ୍ତାଦ'ର କଥାକ୍ରମ

–୦–

ବଣଭୋଜିର ଆୟୋଜନ

ସେମାନେ ତିନିଜଣ। ଓଲଟୁ, ପାଲଟୁ ଆଉ ଢୋଲକି। ଓଲଟୁ ପାଲଟୁ ଦୁଇ ଭାଇ ଆଉ ତାଙ୍କର ସାନ ଭଉଣୀ ଢୋଲକି। ଏକୁ ଆରେକ ବଳି। ପିଲା ତିନିଟି ବୋକା ନୁହନ୍ତି କି ଖରାପ ନୁହନ୍ତି। ହେଲେ ଚଗଲା ପଣରେ ଓଲଟୁ ଯଦି ବିଚ୍ଛୁଆଟି ହୁଏ, ପାଲଟୁ ହେଉଛି ବାଇଡ଼ଙ୍କ। ଝୁଲିଗଲା ଶଗଡ଼ରେ ହାତ ଭର୍ତ୍ତି କରିଦେବେ। ଦେଖ୍‌ଲା ସାପକୁ ଗାତରୁ ଟାଣି ଆଣିବେ। ହାତ ଗୋଡ଼ ଅଷ୍ଟାଙ୍ଗ ଶରୀର ଚବିଶଘଣ୍ଟା ଖୁଜୁବୁଜୁ ହେଉଥିବ। ଝାଙ୍ପୁରୀମୁଣ୍ଡି ଢୋଲକି ସିନା ଚଗଲୀ ନୁହେଁ— ଥରେ ଯଦି ରୁଷ୍ଟ ବସିବ, ତେବେ ତିନିଦିନ ଯାଏ ଉଇ ହୁଙ୍କା ପାଲଟିଯିବ। ଖାଇବ ନାହିଁ କି ବହି ଖୋଲିବ ନାହିଁ। ଓଲଟୁ ଆଉ ପାଲଟୁ ଯଦି ବାପା ବୋଉଙ୍କ ଉପରେ ରାଗିବେ ତାଙ୍କର ସବୁ ଅଦଉତି ସେଇ ପାଠ ଉପରେ। ଟିଇକି କଥାରେ ଭାଇ ଭଉଣୀ ତିନିଙ୍କର ଧମକ— ସେମିତି ହେଲେ ପାଠ ପଢ଼ିବିନି କହି ଦଉଛି। ଅମୁକ ଜିନିଷଟା ଦେ, ନ ହେଲେ ଆଜି ସ୍କୁଲକୁ ଯିବିନି।

ବାପା ବୋଉ ଦିନରାତି ବୁଝାନ୍ତି "ବାପାରେ, ସୁନାରେ, ଖରାପ କଥା କୁହ ନାହିଁ, ଖରାପ କଥା ଦେଖ ନାହିଁ, ଖରାପ କଥା ଶୁଣ ନାହିଁ। ଜାତିର ପିତା ମହାତ୍ମାଗାନ୍ଧିଙ୍କର ଏ ବାଣୀ।" ସେମାନେ ପୁଣି

କହନ୍ତି— "ଅମାନିଆ ହୁଅ ନାହିଁ, ପାଠକୁ ହେଳା କରନାହିଁ। ସମୟର ଅପବ୍ୟବହାର କରନାହିଁ। ଆଜିର କଥା କାଲିକୁ ରଖ ନାହିଁ। ଟଙ୍କା ସୁନା ହଜିଗଲେ ମିଳିଯାଏ, ସମୟ ହଜିଗଲେ ଆଉ ଫେରେ ନାହିଁ। ପାଠ ବେଳେ ପଢ଼, ଖେଳ ବେଳେ ଖେଳ। ପିଲା ତିନିଜଣଙ୍କର ପଢ଼ାଘରେ ମହାମ୍ମାଗାନ୍ଧିଙ୍କ ଫଟ ଆଉ ତାଙ୍କର ତିନି ମାଙ୍କଡ଼ଙ୍କ ମୂର୍ତ୍ତି ରଖିଦେଇଛନ୍ତି ମାଆ ବାପା। ବଡ଼ମଣିଷଙ୍କ ଉପଦେଶ ମାନି ପିଲା ତିନିଟି କେମିତି ଭଲ ମଣିଷ ହେବେ।"

ଦିହକୁ ହିତ କରୁଥିବା ଔଷଧ ପାଟିକୁ ପିତା ଲାଗିବା ପରି ଭାଇ ଭଉଣୀ ତିନିଜଣଙ୍କୁ ବାପା ମାଆଙ୍କର ଏ ଉପଦେଶ ଭାରି ପିତା ଲାଗେ। ସେମାନେ ଭାବନ୍ତି "ବାପା ମାଆଗୁଡ଼ା ଭାରି ଅବୁଝା। ସବୁବେଳେ ଖାଲି 'ଏଇଟା କର ନାହିଁ', 'ସେଇଟା କର ନାହିଁ' କହିବା ତାଙ୍କର ଅଭ୍ୟାସ। ଯେତେବେଳେ ଯେଉଁଟା ଭଲଲାଗିବ ସେତେବେଳେ ସେଇଟା କରିଗଲେ ସିନା ମଜା। ମଜା କରିବାରେ— ଆନନ୍ଦ କରିବାରେ ପୁଣି ଭଲ ମନ୍ଦ କ'ଣ ? ସମୟ ଅସମୟ କ'ଣ ?"

ମୁଣ୍ଡ ଉପରେ ବାର୍ଷିକ ପରୀକ୍ଷା। ଭାଇଭଉଣୀ ତିନିଜଣୟାକ ବାପା ବୋଉଙ୍କ ସଙ୍ଗେ ଲଗାଇଲେ ବଣଭୋଜି କରିଯିବା ପାଇଁ।

ଇଏ ଭଲା କେମିତିକା କଥା। ଏଥିରେ କୋଉ ବାପା ମାଆ ଭଲା ରାଜି ହେବେ। ସେମାନେ ବୁଝାଇଲେ— "ପଢ଼ା ସରିଯାଉ। ପରୀକ୍ଷା ଦେଇ ସାରିଲେ ବଣଭୋଜି କରିଯିବା— ମଜା କରିବା।" ପିଲାଙ୍କ ମୁଣ୍ଡକୁ ତ ଝୁଙ୍କ ଉଠିଛି। ବାପା ମା'ଙ୍କ ଭଲ କଥା ତାଙ୍କୁ ଭେଲ ଲାଗିଲା। ଭାଇଭଉଣୀ ତିନିଜଣୟାକ ବିଚାର କଲେ ବାପା ମା'ଙ୍କୁ କିଛି ନ କହି ଆସନ୍ତା ରବିବାର ରାତି ନ ପାହୁଣୁ ଝିଅଲ,

ଡାଲି ଧରି ପାଖ ଗାଁ ଶେଷରେ ଥିବା ଜଙ୍ଗଲକୁ ପଳେଇବେ। ବଣଭୋଜି କରି ଖାଇବେ ଆଉ ଖୁବ୍ ମଜା କରିବେ। ଗଛରେ ଚଢ଼ିବେ, ଝରଣା ଜଳରେ ବୁଡ଼ିବେ, ପବନ ସାଥିରେ ଉଡ଼ିବେ, ପ୍ରଜାପତି ସଙ୍ଗେ ମିତ ବସିବେ, ହରିଣ କୁତୁରାଙ୍କ ସଙ୍ଗେ ବନ୍ଧୁ ବାନ୍ଧିବେ, ଆଉ ବାଘଭାଲୁଙ୍କୁ ଆଖ୍ ଦେଖେଇ ଧମକେଇବେ, ଫଳ ଖାଇବେ, ଫୁଲ ନାଇବେ, ଗୀତ ଗାଇବେ। ସଞ୍ଜ ନ ହେଉଣୁ ସୁନାପିଲା ଭଳି ଘରକୁ ଲେଉଟି ଆସିବେ। ବାପା ବୋଉ ପଚାରିଲେ କିଛି ନ ଜାଣିଲା ପରି ଆଖ ମିଟିମିଟି କରି କହିବେ— "ଯାଇଥିଲୁ ସାରଙ୍କ ପାଖକୁ ପାଠ ବୁଝିବା ପାଇଁ। ଦିନସାରା ସେଇଠି ବସି ପଢ଼ୁଛୁ ତ ପଢ଼ୁଛୁ... ଆଉ ଭୋକ ଶୋଷ ବି ହେଉନି। ପାଠ ବୁଝ। ସରିଲା। ଘରକୁ ଫେରୁଛୁ।" ବାପା ବୋଉ କେତେ ବାହାବା ନ ଦେବେ? ଓଲ୍ଟୁ ପାଲ୍ଟୁ ଦି ଜଣ ଯାକ ତାଳି ମାରି ଠୋ ଠୋ ହସି ଉଠିଲେ। ଢୋଲ୍କି ମୁହଁ ଫୁଲେଇ ଦେଇ କହିଲା— "ମୁଁ ତମ ସଙ୍ଗେ ଯିବିନି। ବାପା ମା'ଙ୍କୁ ମିଛ କହି ପାଠକୁ ଫାଙ୍କି ମାରିଲେ ନିଜର କ୍ଷତି। ପରୀକ୍ଷାରେ ପାଠ ନ ଆସିଲେ ମିଛ କହିବାର ଫଳ ମିଳିଯିବ ଯେ..."

ଓଲ୍ଟୁ ରାଗିଯାଇ କହିଲା— "ନ ଆସିଲେ ନ ଆସ, ତତେ କିଏ ଖୋସାମତ କରୁଛି। ଘରେ ପାଠ ମୁଖସ୍ତ କରୁଥା— ଆମେ ଜଙ୍ଗଲରେ ମଜା ମାରିବୁ। ଭାବିଛୁ କି ତୋ ପାଇଁ ମଜାରୁ କିଛି ପକେଟରେ ପୂରେଇ ଆଣିବୁ ବଜାରରୁ ଚିନାବାଦାମ ଆଣିଲା ଭଳି।"

ପାଲ୍ଟୁ କହିଲା— "ଘରେ ବସି ତୁ ଯାହା ପଢ଼ିବୁ ମା' ଗଙ୍ଗେଇ ଜାଣନ୍ତି। ଆଖ୍ଥିବ ବହି ଉପରେ, ମନ ଥିବ ଜଙ୍ଗଲରେ। ନା ପାଠ ପଢ଼ା ହେବ— ନା ମଜା କରିହେବ। ଶେଷକୁ ଆମେ ଗଲାପରେ

ଆଖ୍ରୁ ଲେମ୍ବୁରସ ନିଗାଡ଼ି ଭାବୁଥିବୁ– ଆହା, କାହିଁକି ଗଲିନାହିଁରେ...”

ପାଲ୍ଟୁ ସାନ ହେଲେ କ’ଣ ହେବ, ଭାରି କଥା କୁହାଲିଆ। ଏମିତି ଗଛରୁ ତୋଳି କଥା କହିବ ଯେ ମଣିଷ ନ କଲା କାମ କରିବସିବ। ଢୋଲ୍କି ମନ ଭାଇ କଥା ଶୁଣି ସମ୍ଭାଳୁଛି କେତେକେ ? ସେ ରାଜି ହୋଇଗଲା। ଭାଇଭଉଣୀ ତିନିଜଣଯାକ ସ୍ଥିର କଲେ ରାତି ଥାଉ ଥାଉ ବାହାରି ପଡ଼ିବେ।

ଢୋଲ୍କି ଡରି ଡରି ପଚ଼ରିଲା– “ଅନ୍ଧାରରେ ଯିବା କେମିତି ? ଡର ମାଡ଼ିବ ନାହିଁ ?”

ଚଉଦ ବର୍ଷର ଓଲ୍ଟୁ କହିଲା– “ଦୂର୍, ଡର ଗୋଟିଏ କ’ଣ ? ମୁଁ ପରା ସଙ୍ଗରେ ଅଛି। ତୋର ପୁଣି କିଏ କ’ଣ କରିବ ?”

ପାଲ୍ଟୁ ଆରଟିକେ ବଲିପଡ଼ି କହିଲା– “ଛିଃ ଛିଃ। ମୋ ଭଉଣୀ ହେଇ ଏଡ଼େ ଡରୁଆ ? ଭାରତବର୍ଷ ପରା ବୀରଭୂଁଇ। ଏଇ ଦେଶରେ ଜନ୍ମ ହେଇଥିଲେ ବାଜି ରାଉତ– ବାର ବର୍ଷର ପିଲା ଦେଶପାଇଁ ଗୁଲି ଆଗରେ ହସି ହସି ପ୍ରାଣ ଦେଇଦେଲା। ଧର୍ମପଦ ପରା ବାରବର୍ଷର ବାଲୁତ ପିଲା ବାରଶ ବଢ଼େଇଙ୍କ ପାଇଁ ନିଜେ ହସି ହସି ସମୁଦ୍ର ଭିତରକୁ ଡେଇଁ ପଡ଼ି ଅମର ହେଇ ରହିଗଲା କାଳ କାଳକୁ। ପୁଣି ଏ ଦେଶର ଝିଅ ଝାନ୍ସୀ ରାଣୀ ଲକ୍ଷ୍ମୀବାଇ, ରାଣୀ ଦୁର୍ଗାବତୀ, ଦେଶପାଇଁ ଶତ୍ରୁ ସଙ୍ଗେ ଘୋର ରଣ କରି ପ୍ରାଣ ଦେଇଗଲେ। ତୁ ପୁଣି ଡରୁଛୁ ?”

ଢୋଲ୍କି ମୁହଁଟାଣ କରି କହିଲା– “ନା ନା, ମୁଁ କାଇଁକି ଡରିବି। ସେମିତି କହିଦେଲି ନା। ମୁଁ ବି ଯିବି ବଣଭୋଜି କରିବା ପାଇଁ।”

ତିନି ଭାଇ ଭଉଣୀ ଘର ଛାଡ଼ିଲେ

ରାତି ଥାଉ ଥାଉ ତିନିଜଣ ଯାକ ଉଷୁମ ଶେଯ ଛାଡ଼ି ବଣଭୋଜିର ନିଶାରେ ବାହାରି ପଡ଼ିଲେ। କିଛି ରୟୁଲ, ପରିବା, ଡାଲି, ପାଠପଢ଼ା ବ୍ୟାଗରେ ବହି ଖାତା ସଙ୍ଗେ ଭର୍ତ୍ତି କଲେ। ପ୍ରାଥମିକ ଚିକିସା ନିମନ୍ତେ କିଛି ଔଷଧପତ୍ର ଯଥା ଡେଟଲ୍, ନିଓସ୍ପୋରିନ୍ ଅଏଣ୍ଟମେଣ୍ଟ, ଗୋଡ଼ ହାତ ଜଖମ ହେଲେ ମାଲିସ କରିବା ପାଇଁ ଭୋଲିନ୍, ତୂଲା, ବ୍ୟାଣ୍ଡେଜ୍କନା, ଛୋଟ କଇଁଚି, ଥଣ୍ଡା ସର୍ଦ୍ଦି ପାଇଁ ଭିକ୍ସ ଟାବ୍ଲେଟ୍ ଇତ୍ୟାଦି କେତେଟା ଦରକାରୀ ଔଷଧ ମଧ ବ୍ୟାଗରେ ପକାଇ ଦେଲେ। ଏତେବାଟ ଯିବେ ଯେତେବେଲେ ଏସବୁ ସଙ୍ଗରେ ଥିବା ଦରକାର।

ତିନିଜଣଯାକ କାନ୍ଧରେ ବ୍ୟାଗ୍ ଝୁଲାଇ ସୁନାପିଲା ଭଳି ଚାଲିଛନ୍ତି । କିଏ କାହିଁକି ସନ୍ଦେହ କରିବ ଏମାନେ ଘରଛାଡ଼ି ମନକୁ ମନ ମୁରବି ହେଇ ବଣ ଜଙ୍ଗଲ ଭିତରକୁ ଯାଉଛନ୍ତି । ସମସ୍ତେ ଭାବୁଥାନ୍ତି କେଡ଼େ ସୁନାପିଲା ତିନିଟି— କାଉ କା' କରିନି, ପାଠ ପଢ଼ି ବାହାରିଲେଣି । ଭାଇ ଭଉଣୀ ତିନିହେଁ ମୁରୁକିହସା ଦେଇ ଚାଲିଥାନ୍ତି । ଘରେ କାମ କରୁଥିବା ବୁଢ଼ୀ ମାଉସୀକୁ କହି ଆସିଥାନ୍ତି ବୋଉକୁ କହିବୁ ଆମକୁ ଖୋଜିବ ନାହିଁ । ଆମେ ସାରଙ୍କ ପାଖକୁ ପାଠ ପଢ଼ି ଯାଉଛୁ । ସଞ୍ଜକୁ ଫେରିବୁ । ମୁଣ୍ଡ ଉପରେ ପରୀକ୍ଷା ପରା !

ଜଙ୍ଗଲରେ ପହଞ୍ଚିଲା ବେଳକୁ ଉଦୁଉଦିଆ ଖରାବେଳ । ଚାଲି ଚାଲି ଗୋଡ଼ ଥକି ପଡ଼ିଲାଣି । ପେଟ ଭୋକରେ ହାକୁ ହାକୁ ଜଳୁଛି । ଭାଇଭଉଣୀ ତିନିଜଣ ଯାକ ମିଲିମିଶି ଶୁଖିଲା କାଠ ଆଣି ପଥରରେ ଚୁଲିକରି ନିଆଁ ଜଳାଇଲେ । ଡାଲି ଚାଉଳ କାଢ଼ିଲେ କିନ୍ତୁ ରାନ୍ଧିବେ କୋଉଥିରେ । ହାଣ୍ଡି କି ଡେକ୍‌ଚି ତ ନାହିଁ ? ମହା ଅସୁବିଧା କଥା । କରିବେ କ'ଣ ? ଏକଥା ତ କାହାରି ମୁଣ୍ଡକୁ ଢୁକି ନଥିଲା । ବିକଳ ହେଇ ଯାଡ଼କୁ ସାଡ଼କୁ ଚାହିଁଲେ । ପାଖ ଝରଣା କୂଲରେ ଭଙ୍ଗା ମାଠିଆର ଫାଲେ ପଡ଼ିଛି । ପାଖ ବସ୍ତିର କେହି ପାଣି ନେଉ ନେଉ ମାଠିଆ ଭାଙ୍ଗିଯିବାରୁ ଫୋପାଡ଼ି ଦେଇ ଯାଇଛି । ଭାଇଭଉଣୀ ଯେମିତି ସୁନା ହାଣ୍ଡି ପାଇଛନ୍ତି ସେମିତି ଖୁସିରେ ସେଇ ମାଠିଆ ଫାଲକ ସଫାକରି ଧୋଇ ସେଥିରେ ପାଣି ଆଣି ଚାଉଳ, ଡାଲି, ଗୋଟା ପରିବା ଏକାଠି ପକାଇ ସିଝାଇ ଦେଲେ । ପରିବା କାଟିବା ପାଇଁ ଛୁରୀ ନାହିଁ । କରିବେ କ'ଣ ? ଯାହାହେଉ ସବୁ ସିଝିଗଲା । ପେୟମିଶା କରି ସବୁ ଘାଣ୍ଟିଦେଲେ ଏକାଠି । ସେମାନେ ଖେଚୁଡ଼ି ରାନ୍ଧି ପାରିଛନ୍ତି

ବୋଲି ଆନନ୍ଦରେ ପେଟର ଭୋକ ଅଧେ ମରିଗଲା । କଦଳୀପତ୍ର କାଟି ଆଣି ପକେଇ ଦେଇ ସବୁ ବଢ଼ାବଢ଼ି କଲେ । ଏକାଠି ବସି ପାଟିକି ନେଲାବେଳକୁ ଅଲଣା । ଲୁଣ ତ ଆଣି ନ ଥିଲେ, କରିବେ ଆଉ କ'ଣ ? ହେଲେ ଅଲଣା ବୋଲି ଅସୁଆଦ ଲାଗୁ ନଥାଏ । କଥାରେ କହନ୍ତି ଭୋକ ବେଳେ ଆମ୍ବିଲା ଆମ୍ବ ସୁଆଦ । ସେଥିରେ ପୁଣି ନିଜେ ରାନ୍ଧିଛନ୍ତି । ପାଟିକି ଅମୃତ ଭଲି ଲାଗୁଥାଏ । ନିଜେ ନିଜ କାମ କରିବାରେ ଏତେ ଆନନ୍ଦ ମିଳେ ବୋଲି ସେମାନେ ସେଇ ପ୍ରଥମକରି ବୁଝୁଥାନ୍ତି । ଗୁଣ୍ଡାଏ ଲେଖାଁ ଖାଇଛନ୍ତି କି ନାହିଁ ପାଖ ବୁଦାପାଖରୁ କୁକୁରଛୁଆଟିଏ କୁଁ କୁଁ ହେଇ ବୋବେଇ ବୋବେଇ ବାହାରି ଆସିଲା ତାଙ୍କରି ଆଡ଼କୁ । ଆଖିରେ ଜୁଲୁ ଜୁଲୁ ବିକଳ ରୁହାଣି । ପେଟ ଶୁଖି ପିଠିରେ ଲାଗିଛି । କେତେ ଦିନରୁ ଖାଇନି କି କ'ଣ ।

ଭାଇଭଉଣୀ ତିନିହେଁ ଖାଇବା ପାଖରୁ ଉଠିଗଲେ । କୁକୁର ଛୁଆକୁ ଆଦରରେ ଟେକି ଆଣ୍ଡୁ ଆଣ୍ଡୁ ଦେଖିଲେ ପାଖ ବୁଦା ସେପଟେ ମା' କୁକୁର ମରି ପଡ଼ିଛି କେତେଦିନରୁ କେଜାଣି ! ଆହା, ମା' ଛେଉଣ୍ଡ ଛୁଆଟିଏ ବିରୁରୀ ଭାବି ସମସ୍ତେ ତାକୁ ଆଦର କରି ଖାଇବାକୁ ଦେଲେ ନିଜ ଖାଇବା ପତରରୁ କାଢ଼ି । ନିଜ ପେଟ ଅଧା ରହିଲେ ରହୁ ପଛକେ ଛୁଆଟା ବଞ୍ଚିଯାଉ । ପଶୁ ଜନ୍ତୁ ପାଟି ଫିଟୁନି । ନ ହେଲେ ହାତ ପତେଇ ମାଗିଥାନ୍ତା । ତା ବୋଲି ତା' ମନକଥା କ'ଣ ମଣିଷଛୁଆ ହେଇ ଆମେ ବୁଝିବୁ ନାହିଁ ।

ଖିଆ ପିଆ ସରିଲା । ସୁଲୁସୁଲିଆ ଶୀତଳ ପବନ ଆଖିପତାକୁ ଛୁଇଁ ଛୁଇଁ ଯାଉଥାଏ । ସତେକି ଗୁଣୁଗୁଣ ହେଇ କହିଯାଉଥାଏ ଘଡ଼ିଏ ଶୋଇପଡ଼– ଥକ୍‌କା ମେଣ୍ଟିଯିବ । କୁହୁକ କଲା ଭଲି ଭାଇଭଉଣୀ

ତିନିଜଣ ଯାକ ଛୁଟ୍‌କରି ଶୋଇ ପଡ଼ିଲେ । ଆଉ ସୋର ନାହିଁ କି ଶବଦ ନାହିଁ । ନିଦ ଭାଙ୍ଗିଲା ବେଳକୁ ଘରିଆଡ଼ କିଟିକିଟି ଅନ୍ଧାର । ମୁହଁକୁ ମୁହଁ ଦିଶୁନି । ଝିଙ୍ଗାରୀର ହୁଁ ହୁଁ ଶବଦରେ କାନ ଅତଡ଼ା ପଡୁଛି । ରାତି କେତେହେବ କେଜାଣି । ସେମାନଙ୍କ ପାଖରେ ଆଲୁଅ ନାହିଁ । ଘରକୁ ଫେରିବେ କେମିତି ? ତଥାପି ସେମାନେ ଡରିଲେ ନାହିଁ । ବିପଦରେ ସାହସ ହରାଇଲେ ବିପଦ ମାଡ଼ିବସେ । ଆଉ ସେଥିରୁ ମୁକୁଳିବା ସହଜ ହୁଏ ନାହିଁ । ବଡ଼ଭାଇ ଚଉଦ ବର୍ଷର ଓଲଟୁ ଝଲିଶ ବର୍ଷର ମୁରବି ମଣିଷ ଭଳି କହିଲା— ଜଙ୍ଗଲରେ ରାତି ଯିଏ ଦିନ ସିଏ । ରାତି ହେଲା ବୋଲି ଘର ତ ଆଉ ବେଶୀ ବାଟକୁ ଘୁଞ୍ଚିଯାଇ ନାହିଁ । ଗୋଟିଏ ଗୋଟିଏ ପାଦ ପକାଇ ଅଣ୍ଟାଳି ଅଣ୍ଟାଳି ଝଲିଯିବା । ଆସ ମୋ ପଛେ ପଛେ । ଢୋଲ୍‌କି ଡରୁଛୁ କି ?

ଢୋଲ୍‌କି ଭାଇ ହାତକୁ ଜାବୁଡ଼ି ଧରି କହିଲା— "ଡରିବି କାହିଁକି ? ଡର କାହାକୁ ଭୟ କାହାକୁ— କାଳିଆ ଅଛନ୍ତି ଚଉବାହାକୁ । ତମେ ଦୁହେଁ ମୋର ଜଗା-ବଲିଆ ଦୁଇଭାଇ ଥାଉ ଥାଉ ମୋର ପୁଣି ଡରଭୟ କ'ଣ ?"

ବାରବର୍ଷର ପାଲ୍‌ଟୁ ବୀରଯବ୍ୱାନ ଭଳି ଛାତିରେ ହାତ ବାଡ଼େଇ କହିଲା— "ଏକା ମତେ ତ ସବୁ ଡର ଭୟ ମୁକାବିଲା କରିବାକୁ ନିଅଣ୍ଟ । ଭାଇଙ୍କର ଏଥିରେ ମୁଣ୍ଡ ଭର୍ତ୍ତି କରିବା ଦରକାର କ'ଣ ? ତୁ ମଝିରେ ଝଲ, ଭାଇ ଆଗେ ଆଗେ ବାଟ ଦେଖାନ୍ତୁ । ମୁଁ ସବା ପଛରେ ରହି ଘରିଆଡ଼କୁ ଲକ୍ଷ୍ୟ କରୁଛି ।"

ଦଶବରଷର ସାନଭଉଣୀ ଢୋଲ୍‌କିକୁ ମଝିରେ ରଖି ଭାଇଭଉଣୀ ତିନିହେଁ ଆଗପଛ ହେଇ ଗୋଟିଏ ଗୋଟିଏ ଝଲିଲେ । ବାଟଚଲା

କଷ୍ଟ ଉଣା କରିବା ପାଇଁ ଢୋଲକି ମିଠା ଗଳାରେ ଠାକୁରଙ୍କ ଜଣାଣଟିଏ ଗାଉଥାଏ। ତା' ଗୀତକୁ ପଶୁପକ୍ଷୀ ଯେମିତି କାନ ଡେରି ଶୁଣୁଥାନ୍ତି। ଭାଇ ଦୁହେଁ ବାଟଚଲା କଷ୍ଟ ଭୁଲି ଯାଉଥାନ୍ତି। ପାଦରେ କଣ୍ଟା ଝଣ୍ଟା କିଛି ବାଜୁନଥାଏ। ସତେକି ସେମାନେ ଯିବା ବାଟରେ ରାସ୍ତା ଫିଟି ଫିଟି ଯାଉଥାଏ ଠାକୁରଙ୍କ ମହିମାରେ। ଓଲଟୁର ଆଗେ ଆଗେ କିଏ ଯେମିତି ବାଟ କଢେଇ ଚାଲିଛି। ସବା ଆଗରେ ଛାପି ଛାପିକିଆ ଜୀବଟିଏ ଗୁଡୁଗୁଡୁ ହେଇ ଚାଲିଛି ଅନ୍ଧାର ଭିତରେ ବାଟ କଢେଇ। ଠାକୁର ଯେମିତି ତାଙ୍କରି ପାଇଁ କାହାକୁ ପଠାଇଛନ୍ତି। ତା ନ ହେଲେ ଅନ୍ଧାରରେ ଅଜଣା ଅରମା ବଣରେ ସେମାନେ ସଲଖ ରାସ୍ତାରେ ଚାଲି ଯାଉଥାନ୍ତେ କେମିତି ?

ਕେତେବାଟ ଚାଲିଗଲେଣି କାହାରିକୁ ଜଣାନାହିଁ। ସେମାନେ ଦେଖିଲେ ରାତି ସରି ଆସୁଛି– ବାଟ ବି ସରିଆସୁଛି। ଜଙ୍ଗଲ ଶେଷ ହେଇ ଆସିଲାଣି। ପୂରୁବ ଆକାଶରେ ସିନ୍ଦୂରା ଫାଟିଲାଣି। ସେମାନେ ଅଳ୍ପ ସମୟପରେ ଘରେ ପହଞ୍ଚିଯିବେ। ତାଙ୍କ ସାମ୍ନାରେ ଆଗେ ଆଗେ କିଏ ବାଟ କଢ଼ାଇ ଚାଲୁଛି ? ଆରେ! ଏ ତ ସେଇ କୁନି କୁକୁରଛୁଆ! ସେ ତେବେ ତାଙ୍କୁ ଅନ୍ଧାର ରାତିରେ ଖାଲ ଢିପ, କଣ୍ଟା ଝଣ୍ଟା, ବିପଦ ଆପଦରୁ ରକ୍ଷାକରି ବାଟ କଢ଼ାଇ ଆଣିଛି। କେଡ଼େ ବିଶ୍ୱସ୍ତ ବନ୍ଧୁ ଏଇ ପଶୁଜନ୍ତୁଟି। ମୁଠାଏ ଖାଇଥିଲା ବୋଲି ତା' ରୁଣ ଶୁଝି ଦେଇଛି। ଏଭଳି ବିପଦର ବନ୍ଧୁକୁ କ'ଣ ଛାଡ଼ିହୁଏ। ସେମାନେ ତାକୁ ବି ଘରକୁ ନେଇଯିବେ। ପାଲି ପୋଷି ଯତ୍ନରେ ରଖିବେ। ତା'ର ଏଭଳି ବାହାଦୁର କାମ ପାଇଁ ତା ନା ରଖିବେ 'ବାହାଦୁର'।

ଅଜଣା ସହରରେ ସେମାନେ

ଜଙ୍ଗଲ ସରିଲା। ଏଠାରୁ ସହର ଆରମ୍ଭ। ଆଉ କିଛି ଚିନ୍ତା ନାହିଁ। ଏଣିକି ବାହାଦୁରକୁ ସେମାନେ ବାଟ କଡ଼ାଇନେବେ। କାରଣ ବାହାଦୁର ତାଙ୍କର ଅତିଥି।

କିନ୍ତୁ ଏ କ'ଣ? ସେମାନେ ଯେ ଏକ ନୂଆ ସହରରେ ଆସି ପହଞ୍ଚିଛନ୍ତି। ରାତିରେ ନିଜ ଗାଁର ବିପରୀତ ଦିଗରେ ବାଟ ଚାଲି ସେମାନେ ଅନେକ ବାଟ ଚାଲି ଆସିଛନ୍ତି। ବର୍ତ୍ତମାନ କରିବେ କ'ଣ?

ସବୁ ରାଗ ଯାଇ ବାହାଦୁର ଉପରେ ପଡ଼ିଲା । ସେ କାହିଁକି ତାଙ୍କୁ ବିପରୀତ ଦିଗରେ ବାଟ କଢ଼େଇ ନେଲା ? ତା'ରି ଯୋଗୁଁ ଏ ବିଭ୍ରାଟ ହୋଇଛି । କିନ୍ତୁ କିଛିବାଟ ଯାଇ ସେମାନେ ଶୁଣିଲେ ଜଙ୍ଗଲର ବିପରୀତ ପଟେ ମହାବଳ ବାଘ କାଲି ରାତିରେ ଖୁବ୍ ଉପଦ୍ରବ କରିଛି । ଗାଈ ମଇଁଷି ମାରିଛି । ସେପଟେ ରାସ୍ତା ବନ୍ଦ ହେଇଯାଇଛି ନିରାପଦ ଦୃଷ୍ଟିରୁ । ବାହାଦୁରକୁ ସେମାନେ ଧନ୍ୟବାଦ ଜଣାଇଲେ । ସେଇ ଜାଣ ତାଙ୍କର ଜୀବନ ବଞ୍ଚାଇଛି । ନଚେତ୍ କାଲି ରାତିରେ ମହାବଳ ବାଘର ପେଟରେ ତିନିଜଣଯାକ ପଡ଼ିଥାନ୍ତେ ଯାଇ । ବାହାଦୁରକୁ ନ ଜାଣି ଦୋଷ ଦେଇଥିବାରୁ ସମସ୍ତେ ମନେ ମନେ ଲଜ୍ଜିତ ଓ ଦୁଃଖିତ ହେଲେ । ପ୍ରକୃତ କଥା ନ ବୁଝି ପଦେ ପଦେ କଥାରେ ଅନ୍ୟକୁ ଦୋଷ ଦେଲେ ମିତ୍ର ଯେ ଶତ୍ରୁ ହୋଇଯାଏ ଏଇ ଶିକ୍ଷା ସେମାନେ ପାଇଲେ । ସେମାନେ ସ୍ଥିରକଲେ ଏଣିକି ବୁଝି ବିଚାରି କାମ କରିବେ ।

ନୂଆ ସହର ବେଶ୍ ଭଲ ଲାଗୁଛି । ସେମାନେ ଭାବିଲେ ଟିକେ ବୁଲାବୁଲି କରିବେ । ନ ଜାଣି ନ ଶୁଣି ନୂଆ ସହରରେ ପହଞ୍ଚ ଯାଇଛନ୍ତି ଯେତେବେଳେ ଟିକେ ବୁଲାବୁଲି କରି ନୂଆ ଅଭିଜ୍ଞତା ନେଇ ଫେରିଗଲେ ବାପା ବୋଉ ନିଶ୍ଚୟ ଖୁସିହେବେ ।

ସେମାନେ ଚାଲୁଥାନ୍ତି ! ଆଗେ ଆଗେ ଡଉଲଡାଉଲ କୁକୁରଛୁଆ ବାହାଦୁର୍ । ଚାଲି ଚାଲି କ୍ଲାନ୍ତ ଲାଗିଲାଣି, ଭୋକ ବି ହେଲାଣି । ତେବେ ବି ପୂରା ସହରଟାକୁ ବୁଲିବାର ଇଚ୍ଛା । ଓଲଟୁ ଜଣେ ଭଦ୍ରଲୋକଙ୍କୁ ପଚାରିଲା, ଆଜ୍ଞା, ଏ ସହରର ଦର୍ଶନୀୟ ସ୍ଥାନ ସବୁ କ'ଣ କହିପାରିବେ କି ? ଆମେ ଏ ସହରରେ ନୂଆ । ସନ୍ଧ୍ୟା ସୁଦ୍ଧା ସହର ବୁଲି ଘରକୁ ଫେରିଯିବୁ ।

ଭଦ୍ରଲୋକ ବାଳକଟିର ଭଦ୍ରବ୍ୟବହାର ଓ ନମ୍ର କଥାବାର୍ତ୍ତାରେ ଖୁବ୍ ଖୁସି ହେଇଗଲେ। ଓଲଟୁକୁ ସହରର ଦର୍ଶନୀୟ ସ୍ଥାନମାନଙ୍କ ସମ୍ବନ୍ଧରେ ଗୋଟାଏ ମୋଟାମୋଟି ଧାରଣା ଦେଇଦେଲେ। କିନ୍ତୁ ସେଥିପାଇଁ ସହରର ଶେଷମୁଣ୍ଡକୁ ଯିବାକୁ ହେବ। ଝଲି ଝଲି ଗଲେ ତ ରାତି ହେଇଯିବ। ତେଣୁ ସେମାନେ ଆଗପଛ ଚିନ୍ତା ନକରି ଗୋଟିଏ ବସ୍‌ରେ ଚଢ଼ିଗଲେ। ପଛେ ପଛେ ବାହାଦୁର। ବାହାଦୁର ଆସ୍ତେ କଣ୍ଡକ୍ଟରଙ୍କ ସିଟ୍ ତଳେ ଶୋଇପଡ଼ିଲା। ସେ ତାକୁ ଦେଖି ପାରିଲେ ନାହିଁ। ବସ୍ ଝଲିବାକୁ ଆରମ୍ଭ କରିବା ମାତ୍ରେ ଓଲଟୁ ବୁଝିପାରିଲା ସେମାନେ ଗୋଟାଏ ଭୁଲ୍ କରି ପକାଇଛନ୍ତି। ଟିକେଟ୍ କରିବା ପାଇଁ ସେମାନଙ୍କ ପାଖରେ ପଇସା ନାହିଁ। ବିନା ଟିକେଟ୍‌ରେ ବସ୍ ବା ରେଲରେ ଯିବା ଭୁଲ୍ କାମ। ତା' ଦ୍ୱାରା ଜଣକର କ୍ଷତି ହୁଏ ନାହିଁ— ସାରା ଦେଶର କ୍ଷତି। ସେ ଦୁଃଖିତ କଣ୍ଠରେ କଣ୍ଡକ୍ଟରଙ୍କୁ କହିଲା— "ମହାଶୟ, ଦୟାକରି ଏଠି ଟିକେ ବସ୍ ରଖିଲେ ଆମେ ତିନିଜଣ ଓହ୍ଲାଇଯିବୁ।"

କଣ୍ଡକ୍ଟର ପିଲାଟିର ମଧୁର କଥାରେ ଖୁସି ହୋଇଯାଇ ସ୍ନେହପୂର୍ଣ୍ଣ ଗଳାରେ କହିଲେ— "ଏଇ ନିର୍ଜନ ସ୍ଥାନରେ କାହିଁକି ଓହ୍ଲାଇବ? ଏଠି ତ କିଛି ଘରଦ୍ୱାର ଦିଶୁନାହିଁ। ତମ ଘର ପାଖରେ ମତେ କହିଲେ ମୁଁ ଓହ୍ଲାଇ ଦେବି।"

ପାଲଟୁ ଏଥର ହାତଯୋଡ଼ି କହିଲା "ଆଜ୍ଞା, ଆମର ଭୁଲ ହେଇଯାଇଛି। ଆମ ପାଖରେ ପଇସା ନାହିଁ। ଆମେ ବିନା ଟିକେଟରେ ଯିବାକୁ ଝହୁଁ ନାହୁଁ। ତେଣୁ ଏଠି ଓହ୍ଲାଇଦେଲେ ଆମେ ଝଲି ଝଲି ଘରକୁ ଯିବୁ। ବସ୍‌ରେ ଚଢ଼ିବାବେଳେ ଟିକେଟ କରିବା କଥା

ମୁଣ୍ଡକୁ ଭୁଙ୍କି ନ ଥିଲା । ସବୁବେଳେ ତ ବାପାଙ୍କ ସଙ୍ଗେ ଯାଉ । କେବେ ନିଜେ ଟିକେଟ୍ କରି ଗାଡ଼ିରେ ବସି ନ ଥିଲୁ ।”

କଣ୍ଡକ୍ଟରବାବୁ ଏଇ ଛୋଟପିଲାମାନଙ୍କର ଭଦ୍ର ବ୍ୟବହାର ଓ ସଞ୍ଜୋଟପଣିଆରେ ଆଶ୍ଚର୍ଯ୍ୟ ହୋଇଗଲେ । କାରଣ ଆଜିକାଲି ସ୍କୁଲପିଲାମାନେ ଯୋଉଠି ପାର ସେଠି ବସ୍ ଅଟକାଇ ଜବରଦସ୍ତ ବସ୍‌ରେ ଉଠନ୍ତି । ଟିକେଟ୍ କରିବାକୁ କହିଲେ ଶୁଣନ୍ତି ନାହିଁ । ବେଶୀ ବାଧକଲେ କଣ୍ଡକ୍ଟରକୁ ଧମକାନ୍ତି । ବେଳେବେଳେ କଣ୍ଡକ୍ଟର ଓହ୍ଲାଇଯିବାକୁ ବାଧ୍ୟ କଲେ ପିଲାମାନେ ଦଙ୍ଗା ହଙ୍ଗାମା କରନ୍ତି । ଭଙ୍ଗା ରୁଜା କରନ୍ତି । ସେଇ ଡରରେ ଆଜିକାଲି ସ୍କୁଲ ପିଲାଙ୍କୁ ଦେଖିବା ମାତ୍ରେ ସେ ବସ୍ ଅଟକାଇ ତାଙ୍କୁ ବସ୍‌ରେ ନେଇଯାନ୍ତି । ଟିକେଟ କରିବା କଥା ମୋତେ କହନ୍ତି ନାହିଁ । ଟିକେଟ୍ ନ କରି ବସ୍‌ରେ ଯିବା ସ୍କୁଲପିଲାଙ୍କର ନ୍ୟାଯ୍ୟ ଦାବି ବୋଲି ସମସ୍ତେ ଧରିନେଲେଣି । ଅଥଚ ଏ ଛୋଟ ଛୋଟ ପିଲା ତିନିଟି ଏ କି କଥା କହୁଛନ୍ତି ? ଟିକେଟ ନ କରି ବସ୍‌ରେ ବସିଛନ୍ତି ବୋଲି ଜାଣିବା ପରେ ଢୋଲକି ଖୁବ୍ ଡରିଯାଇଥାଏ । ତା’ ଆଖିରେ ଲୁହ ଟଳମଳ କରୁଥାଏ । କଣ୍ଡକ୍ଟରବାବୁ ସ୍ନେହରେ ତା’ର ଝାମ୍ପୁରୁ ଝାମ୍ପୁରୁ ବାଳକୁ ସାଉଁଲି ଦେଇ କଅଁଳ କଣ୍ଠରେ କହିଲେ— “ତମେ ବି ଟିକେଟ୍ କରିନାହଁ ?” ଢୋଲକିର ନିଦୁଆ ନିଦୁଆ ବଡ଼ ବଡ଼ ଆଖି ଦୁଇଟାରୁ ମୁକ୍ତା ଭଳି ଦୁଇ ବିନ୍ଦୁ ଲୁହ ଖସି ଆସିଲା । ସେ ଡରୁଆ କଣ୍ଠରେ କହିଲା— ଆଉ କେବେ ଏମିତି ଭୁଲାମନ ହେବୁ ନାହିଁ । ଟିକେଟ୍ କରି ସାରି ବସ୍‌ରେ ଚଢ଼ିବୁ ।

କଣ୍ଡକ୍ଟରବାବୁ ମିଠା ଗଲାରେ କହିଲେ— “ଆଛା-ଆଛା, ଏଇଥ୍‌ପାଇଁ ଏତେ କାନ୍ଦ ! ତମ ତିନିଜଣଙ୍କର ଭଲ ବ୍ୟବହାର ଓ

ସତ୍ୟବାଦିତା ଯୋଗୁଁ ମୁଁ ତମମାନଙ୍କ ପାଇଁ ଟିକେଟ୍ ତିନିଟି କାଟି ଦେଉଛି । ତମର ଏଇ ସାଧୁତା ତମ ସାଙ୍ଗମାନଙ୍କୁ ନିଶ୍ଚୟ ପ୍ରଭାବିତ କରିବ ଓ ଆମେମାନେ ମାଡ଼, ଧମକରୁ ରକ୍ଷା ପାଇଯିବୁ । ସେତିକିରେ ମୋ ପଇସା ମୁଁ ପାଇଯିବି ।” କଣ୍ଠକ୍ଟରବାବୁ ଟିକେଟ ତିନିଟି କାଟି ଓଲ୍‌ଟୁ ହାତକୁ ବଢ଼ାଇ ଦେଲେ । ଓଲ୍‌ଟୁ ତାଙ୍କୁ ଧନ୍ୟବାଦ ଜଣାଇଲା ।

ପାଲ୍‌ଟୁ ନମ୍ର କଣ୍ଠରେ କହିଲା— “ଆଜ୍ଞା, ଆମ ବାହାଦୁର ପାଇଁ ମଧ ଗୋଟାଏ ଟିକେଟ୍ କରିବାକୁ ହେବ ।”

—ବାହାଦୁର ? ସେ କିଏ ? କଣ୍ଠକ୍ଟର ପ୍ରଶ୍ନକଲେ ।

ଢୋଲ୍‌କି ମିଠାଗଲାରେ କହିଲା— “ସେ ଆମ ବିପଦର ସାଥୀ । କଉତୁକିଆ କୁକୁରଛୁଆ । ଆପଣଙ୍କ ଗୋଡ଼ ତଳେ ଲୁଚି ଶୋଇଛି ବିନା ଟିକଟରେ ଯାଉଛି ବୋଲି ।”

— ସତେ ? କଣ୍ଠକ୍ଟର ହସିଉଠିଲେ । ଠିକ୍ ଏତିକିବେଳେ କଣ୍ଠକ୍ଟରଙ୍କ ପଛ ସିଟ୍‌ରେ ବସିଥିବା ଜଣେ ଲୋକ ଚିକ୍ରାର କରି ଉଠିଲା ମରିଗଲି, ମରିଗଲି, ଇଲୋ ବୋପାଲୋ ମରିଗଲି—

ସମସ୍ତେ ଚମକି ଉଠି ତା ଆଡ଼କୁ ଚୁହେଁଲେ । ଲୋକଟା ନିଜର ଗୋଡ଼କୁ ଟାଣି ଟାଣି ବିକଳ ହେଇ ରଡ଼ି ଛାଡ଼ିଥାଏ । ସମସ୍ତେ ସିଟ୍ ତଳେ ତା ଗୋଡ଼କୁ ଚୁହେଁଲେ । ବାହାଦୁର ତା’ ପାଦକୁ ମାଡ଼ିବସିଛି । ଦାନ୍ତ ଗଲି ଗଲାଣି । ଛାଡୁ ନାହିଁ । ଲୋକଟା ପାଦତଳେ ବିଡ଼ାଏ ନୋଟ୍ । କଣ୍ଠକ୍ଟରବାବୁ ତଳକୁ ଚୁହେଁ ଘଟଣାଟା ବୁଝିନେଲେ । ତାଙ୍କ ବ୍ୟାଗରୁ କେତେବେଳେ ନୋଟ୍ କେତେଖଣ୍ଡ ଖସିପଡ଼ିଛି ଓ ଲୋକଟି ସେକଥା ଜାଣିପାରି ପାଦ ବଢ଼ାଇ ନୋଟ୍‌ତକ ନେଇଯିବାର ଚେଷ୍ଟା

କରୁ କରୁ ବାହାଦୁରର ହାବୁଡ଼ରେ ତାଙ୍କ ପାଦଟା ନୋଟ୍ ସହ ପଡ଼ି ଯାଇଛି ।

କଣ୍ଠକୂରବାବୁ ନୋଟ୍ଟକ ଉଠାଇ ଆଣିବା ମାତ୍ରେ ବାହାଦୁର ଲୋକଟାର ପାଦ ଛାଡ଼ିଦେଇ ପୁଣି ଶୋଇ ପଡ଼ିଲା ସୁନାପିଲା ଭଳି । କଣ୍ଠକୂରବାବୁ ଆନନ୍ଦରେ କହିଲେ– "ବାହାଦୁର ଚୋର ଧରି ତା ଟିକେଟ୍ ପଇସାର ଶହେଗୁଣ ମତେ ଦେଇ ଦେଇଛି । ନ ହେଲେ ଏତେ ଗୁଡ଼ାଏ ଟଙ୍କା ହାତରୁ ଗଣିବାକୁ ପଡ଼ିଥାନ୍ତା । ବାହାଦୁର ହେଉଛି ତମର ପ୍ରକୃତ ସାଙ୍ଗ । ତମେମାନେ ଯେମିତି ଭଲ ପିଲା– ବାହାଦୁର ସେମିତି ତମର ଭଲ ସାଥୀଟିଏ ।"

ସହର ଶେଷରେ ସମସ୍ତେ ଓହ୍ଲାଇଲେ । ସାମ୍ନାରେ ଗୋଟାଏ ବଡ଼ ହୋଟେଲ । ହଠାତ୍ ଖାଦ୍ୟ ପଦାର୍ଥର ବାସ୍ନାରେ ପିଲା ତିନିଜଣଙ୍କ ଭୋକ ବଢ଼ିଗଲା । ସେମାନେ ସକାଳୁ ଖାଇ ନାହାନ୍ତି ବୋଲି ମନେ ପଡ଼ିଯିବା ମାତ୍ରେ ଭୋକ ଆଉ ସମ୍ଭାଳି ହେଲାନି । କିନ୍ତୁ ପାଖରେ ତ ପଇସା ନାହିଁ– କରିବେ କ'ଣ ? ସେମାନେ ଦେଖିଲେ କେତେଜଣ ପିଲା ହୋଟେଲ ପାଖରେ ହାତ ପତାଇ ଠିଆ ହେଇଛନ୍ତି । ଯିଏ ଯାଉଛନ୍ତି ତାଙ୍କୁ ବିକଳହେଇ ମାଗୁଛନ୍ତି–ଆଜ୍ଞା, ପଇସାଟିଏ ଦିଅନ୍ତୁ, ଆପଣଙ୍କର ଧର୍ମ ହେବ...

ସେମାନେ କ'ଣ ପେଟ ବିକଳରେ କାହାକୁ ପଇସା ମାଗି ଖାଇବେ ? ଛିଃ-ଛିଃ, ଦେହରେ ବଳ ଥାଉ ଥାଉ ସେମାନେ ମାଗି ଖାଇବେ ? ବରଂ ଖଟି ଖାଇବା ଭଲ । ସେମାନେ ଦେଖିଲେ ତାଙ୍କଠାରୁ ଆଉରି ଛୋଟ ଛୋଟ ପିଲା ହୋଟେଲରେ ଥାଲି ଉଠାଉଛନ୍ତି, ଅଇଁଠା ବାସନ ମାଜୁଛନ୍ତି, ଖାଇବାକୁ ପରଶୁଛନ୍ତି । ବରଂ ଏ କାମରେ ଲଜ୍ଜା

କରିବାର କିଛି ନାହିଁ । ଖଟି ଖାଇବାରେ ଲଜ୍ଜା କ'ଣ ? ସେମାନେ ତ ପୁଣି ତାଙ୍କରି ଭଲି ପିଲା । ବଡ଼ ବଡ଼ ମହାପୁରୁଷମାନେ ନିଜ କାମ ନିଜେ କରିବାରେ କେବେହେଲେ ଲଜ୍ଜାବୋଧ କରୁ ନ ଥିଲେ । ଏଇ ଦେଶରେ ଈଶ୍ୱରଚନ୍ଦ୍ର ବିଦ୍ୟାସାଗର ତ ପୁଣି କୁଲି କାମ କରିବା ପାଇଁ ଲଜ୍ଜାବୋଧ କରି ନ ଥିଲେ । ଜାତିର ପିତା ମହାତ୍ମାଗାନ୍ଧି ଶ୍ରମର ମହାନତା ବୁଝାଇ ଯାଇଛନ୍ତି । ନିଜେ ମଇଳା ସଫାକରି ଉଦାହରଣ ଦେଇଯାଇଛନ୍ତି । ସେମାନେ ତ ଏଇ ଦେଶର ପିଲା । ପାଖରେ ଯଦି ପଇସା ନାହିଁ— ଭିକ ମାଗିବା ଅପେକ୍ଷା, ଚୋରି କରିବା ଅପେକ୍ଷା, ଠକି ଖାଇବା ଅପେକ୍ଷା, ଖଟି ଖାଇବା ବେଶୀ ସମ୍ମାନଜନକ । ଖଟି ଖାଇଲେ କାହାରି ପେଟ କେବେ ଅପୋଷା ରହିବ ନାହିଁ । ହେଲେ ଭୋକ ତ ପ୍ରବଳ ହେଲାଣି । ପଇସା ରୋଜଗାର କରି ଖାଇବା ପାଇଁ ଭୋକ ତ ସମ୍ଭଳା ପଡ଼ିବନି ।

ଭାଇ ଭଉଣୀ ତିନିଜଣଯାକ ଏଇକଥା ବିଚାର କରୁ କରୁ ଭଲ ଭଲ ଖାଇବା ଜିନିଷ ବାସ୍ନାରେ ପେଟର ଭୋକ ହାକୁ ହାକୁ ଜଳିଉଠିଲା । ଆଗ ପଛ ବିଚାର କରିବା ପାଇଁ ଆଉ ବୁଦ୍ଧି ଢୁକିଲା ନାହିଁ ମୁଣ୍ଡକୁ । ପେଟର ଭୋକ ଆଗରେ ସବୁ ଭୁଲ ଠିକ୍‌ର ବିଚାର ଗୋଲମାଲ ହେଇଗଲା । ପିଲା ତିନିଜଣ ଯାକ ପକେଟ'ରେ ପଇସାଥିବାଭଳି ଗୋଟାଏ ଟେବୁଲରେ ବସିପଡ଼ି ଖାଇବା ଜିନିଷ ବରାଦ କରିଦେଲେ । ପେଟେ ଲେଖାଏଁ ନିଜେ ଖାଇଲେ ଆଉ ନିଜ ଭାଗରୁ ବାହାଦୁରକୁ ମଧ ଦେଲେ । ପେଟଥଣ୍ଟା ହେଇଯିବା ପରେ ହେଜ ପଶିଲା ସେମାନଙ୍କ ପକେଟ'ରେ ପଇସା ନାହିଁ । ଦୋକାନୀ ଏତ୍ତେ‌ବଡ଼ ପେଟ କାଢ଼ି ପଇସା ବାକ୍‌ସ ପାଖରେ ବସିଛି । ଡିମା ଡିମା ଆଖିରେ ତାଙ୍କରି ଆଡ଼କୁ ଚାହିଁ

ରହିଛି । ତା’ର ସେଇ ଜଳନ୍ତା ନିଆଁଭଳି ଦପ୍ ଦପ୍ କରୁଥିବା ଆଖିକୁ
ଫାଙ୍କି ଦେଇ ସେମାନେ କୌଣସିମତେ ଖସିଯାଇ ପାରିବେନି । ପିଲା
ତିନିଜଣଙ୍କର ତରଙ୍ଗ ତରଙ୍ଗ ଭାବ ଦେଖି ଦୋକାନୀ ସବୁକଥା
ଠଉରାଇ ନେଲାଣି । ଏମିତି କେତେପିଲା ଖାଇପିଇ ପଇସା ନ ଦେଇ
ବାପାଙ୍କ ଠିକଣା ଧରେଇ ଦେଇ ଚାଲିଯାଉଛନ୍ତି । ବେଲେବେଲେ
ମିଛ ଠିକଣା ମଧ୍ୟ ଥାଏ ।

ଏସବୁ ଦେଖି ବାପା ରାଗି ଖପ୍ପା । ତାଙ୍କୁ ପଇସା ମାଗିଲେ
ଜବାବ ଦେବେ— “ମତେ ପରଘରି ପିଲାଙ୍କୁ ବାକିରେ ଖାଇବାକୁ
ଦେଇଥିଲ ? ମୋରି ପିଲାଏ ଖାଇଥିଲେ ବୋଲି କିଛି ପ୍ରମାଣ ଅଛି ?
ଆପଣମାନେ ପିଲାମାନଙ୍କର ଏ ବାକିରେ ଖାଇବା ଅଭ୍ୟାସ
ବଢ଼ାଉଛନ୍ତି । ଆଗ ପକେଟରେ ପଇସା ଅଛି କି ନା ଦେଖିବେ—
ତା’ପରେ ଖାଇବାକୁ ଦେବେ ।” ଦୋକାନୀ ବିଚରାର ଅକଲ ଗୁଡ଼ୁମ୍ ।
ଆଗ ପଇସା ମାଗି ଖାଇବାକୁ ଦେଲେ ଦୋକାନ କ’ଣ ଚଲେ ?
ଏମିତି କେତେ ଅଭିଜ୍ଞତା ଦୋକାନୀର । ସେ ଗମ୍ଭୀର କଣ୍ଠରେ
କହିଲେ— “କିରେ ପିଲେ, ପଇସା ଦିଅ । ଏତେ ଥଙ୍ଗ ଥଙ୍ଗ ହଉଛ
କାହିଁକି । ପଇସା ଯଦି ହିସାବ କରିପାରୁନ ଆସ ଏଠିକି । ମୁଁ ହିସାବ
ଛିଡ଼େଇ ଦଉଛି ।”

ଓଲଟୁ ରୁହିଁଲା ପାଲଟୁ ମୁହଁକୁ । ପାଲଟୁ ରୁହିଁଲା ଢୋଲକିକୁ ।
ଢୋଲକି ବିଚରା ଛାନିଆ, କି ଲଜ୍ଜାର କଥା । ପାଖରେ ପଇସା ନାହିଁ,
ସେମାନେ ଖାଇ ପିଇ ବାହାରିଲେଣି । ପାଲଟୁ ଭାଇକୁ ରୁହିଁ ଆଖି
ଠାରିଦେଲା । ଓଲଟୁ ଆଖି ଠାରିଦେଲା ଢୋଲକିକୁ । ଦୋକାନୀ
ଏମାନଙ୍କ ଢଙ୍ଗ ରଙ୍ଗ ଦେଖି ଭାବିଲା, ଏମାନେ ବୋଧହୁଏ ଆଖି

ପିଛୁଲାକେ ଚିଲ ଭଳି ଦୌଡ଼ ମାରିବେ । ହଉ, ଯାଆନ୍ତୁ କେତେବାଟ ଯିବେ । ଝାଙ୍କୁରୀ ମୁଣ୍ଡ ପୁଟୁକିଗାଲି ଢୋଲି ଝିଅଟା ନାଥୁରୁ ନାଥୁରୁ ହେଇ କେତେ ବାଟ ଦଉଡ଼ିବ ? ଦୋକାନୀ ସଜାଡ଼ି ହେଇ ବସିଲା । କିନ୍ତୁ ଆଖ୍ ପିଛୁଲାକେ ପିଲାମାନେ ଏ କି କାଣ୍ଡ କରି ବସିଲେ ! ଦୁଇ ଭାଇଯାକ ନଇଁପଡ଼ି ଲୋକମାନଙ୍କ ଅଇଁଠାଥାଲି ଉଠେଇ ନେଲେ ଆଉ କଳ ପାଖରେ ମାଜି ବସିଲେ । ଢୋଲ୍କି ଟେବୁଲ୍ ପୋଛି ସଫା କରିଦେଲା । ଦୋକାନୀ କାବା କାଠ । ଏଡ଼େ ସୁନ୍ଦର ଗୁଲୁଗୁଲିଆ ପିଲା ତିନୋଟି । ଭଲଘରର ପିଲା ଭଳି ଦିଶୁଛନ୍ତି । ସ୍କୁଲରୁ ଫେରିଛନ୍ତି । ପାଖରେ ପଇସା ନାହିଁ, ଭୋକ ବିକଳରେ ଖାଇଦେଇଛନ୍ତି ବିଚରା । ତା' ବୋଲି ବଡ଼ଘର ପିଲାଗୁଡ଼ିକ ଛୋଟ କାମକରି ପଇସା ଶୁଝିବେ ? ଦୋକାନୀ ହାଁ ହାଁ କହି ପିଲା ତିନିଜଣଙ୍କୁ ଅଟକେଇଲା । କଅଁଲେଇ ସଅଁଲେଇ କହିଲା– "ଛିଃ ଛିଃ, ପାଠପଢ଼ା ପିଲାଗୁଡ଼ା ବାରଲୋକଙ୍କ ଅଇଁଠା ଉଠେଇବ ! ଭଲଘରର ପିଲା ଭଳି ଦିଶୁଛ । ପାଖରେ ପଇସା ନାହିଁ ବୋଲି ଲାଜ ସରମ ଛାଡ଼ି ଛୋଟକାମ କରିବ ? ବାପା ମାଆଙ୍କ ମାନ ଇଜ୍ଜତ ତଲେ ପକେଇବ ? ଥାଉ ଥାଉ, ମୋ ପଇସା ଏତିକିରେ ଉଠିଗଲା ବୋଲି ମୁଁ ଜାଣିଲି । ତମରି ଭଳି ପାଠପଢ଼ା ପିଲା ନିତି ପରା କେତେ ଧମକ ଚମକ ଦେଇ ବାକିରେ ଖାଉଛନ୍ତି । ପଇସା ନା ଧରୁନାହାନ୍ତି । ପଇସା ମାଗିଲେ କହୁଛନ୍ତି ପଇସା ସରକାର ଘରୁ ମାଗିଆଣିବ ଯାଅ । ଆମେ କୋଉଠୁ ଆଣିବୁ ? ସରକାର କ'ଣ ଆମକୁ ରଖିରି ଦେଇଛି ଯେ ପଇସା ଗଣିଦବୁ । ତମେ ତ କାଲିକା ଛୁଆଗୁଡ଼ାକ ।"

ଓଲ୍‌ଟୁ ଧୀରଭାବରେ କହିଲା– "ପେଟ ପାଇଁ ନିଜ ଶରୀର

ଖଟେଇ ରୋଜଗାର କରିବା ଛୋଟ କାମ ନୁହେଁ ଆଜ୍ଞା ! ଏଥିରେ ମାନ ଇଜ୍ଜତ ଯାଏ ନାହିଁ । ବରଂ ଏଥିରେ ସମ୍ମାନ ବଢ଼େ । ବାପା ମା’ ଏକଥା ଶୁଣିଲେ ଲଜ୍ଜା ନ କରି ବରଂ ଖୁସି ହେବେ । ଆପଣ ଦୟାକରି ପଇସା ଛାଡ଼ିଦେଲେ ଆମକୁ ବରଂ ଲଜ୍ଜା ହେବ । ଆମକୁ କାମ କରିବାକୁ ଦିଅନ୍ତୁ ।"

ପାଲ୍‌ଟୁ ମିଠା ଗଳାରେ କହିଲା– "ସରକାର ଝିକିରି ଦେବେ ବୋଲି ଆମେ ତ ପାଠ ପଢୁନାହୁଁ । ଆମେ ପାଠ ପଢ଼ୁଛୁ ଭଲ ମଣିଷ ହେବା ପାଇଁ, ସତ୍‍ ଉପାୟରେ ନିଜର ବୁଦ୍ଧି ଓ ବଳ ପ୍ରୟୋଗ କରି ରୋଜଗାର କରିବା ପାଇଁ, ନିଜେ ଭଲରେ ରହି ଦେଶ ଓ ଜାତିର ଯଶ ରଖିବା ପାଇଁ । ଆମେ ସେଇ ଠକ ପିଲାଙ୍କ ଭଲି ପଇସା ଫାଙ୍କିବା ପାଇଁ ଏଭଲି ଅନୁଚିତ କଥା କହିବୁ ନାହିଁ ।"

ଦୋକାନୀର ଆଖି ଆନନ୍ଦରେ ଛଳ ଛଳ ହେଇଗଲା । ଏଭଲି ଭଲ ସ୍ଵଭାବର ପିଲା ତ ପୁଣି ଅଛନ୍ତି । ମିଛରେ ଆଜିକାଲିର ପଢ଼ାପିଲାଙ୍କୁ ସମସ୍ତେ ଦୋଷଦେଇ ନିଜ ଉପରୁ ଦୋଷ ଛଡ଼େଇ ଦଉଛନ୍ତି । ଏ ପିଲାମାନଙ୍କ ବାପା ମା’ ତାଙ୍କୁ ଭଲ ଶିକ୍ଷା ଦେଇଛନ୍ତି, ଶିକ୍ଷକଙ୍କର କଥା ଏମାନେ ମାନୁଛନ୍ତି । ତେଣୁ ଏମାନେ ଏତେ ଭଲପିଲା ହେଇ ପାରିଛନ୍ତି । ଏଇମାନଙ୍କ ଭଲି କେତେ କେତେ ଭଲ ପିଲା ଆମ ଦେଶରେ ଅଛନ୍ତି । ଅଳ୍ପ କେଇଜଣ ଦୁଷ୍ଟ ଚଗଲା ଓ ଅମାନିଆ ପିଲାଙ୍କ ଖରାପ ବୁଦ୍ଧି ଯୋଗୁଁ ସବୁ ପିଲାଙ୍କୁ ଖରାପ ଭାବି ସେ ଭୁଲ କରିଛନ୍ତି । ଏଇ କେତୋଟି ଭଲପିଲା ନିଶ୍ଚୟ ଅନ୍ୟ ବଗୁଲିଆ ପିଲାଙ୍କୁ ଅବାଟରୁ ଫେରାଇ ଆଣିବେ ।

ଦୋକାନୀ ଖୁସି ହେଇଗଲା । ପିଲାଏ ଯଦି ଖୁସି ମନରେ କାମ

କରୁଛନ୍ତି, କରନ୍ତୁ। ପାଠପଢ଼ା ପିଲାଗୁଡ଼ାକ ନିଜେ ଉପାର୍ଜନ କରିବା ପାଇଁ ପରର ଅଇଁଠା ବାସନ ଉଠାଇବା ବରଂ ଛୋଟକାମ ନୁହେଁ, ବଡ଼ କାମ; ମହତ କାମ ବୋଲି ତାଙ୍କର ମନେହେଲା। ସେ ଭାବିଲେ ଆମର ସଂକୀର୍ଣ୍ଣ ଧାରଣା ଯୋଗୁଁ ଆମେ ବଡ଼ କାମକୁ ଛୋଟକାମ ଭାବି ନିଜେ ଛୋଟ ହେଉଛୁ। ପିଲାଏ ଟେବୁଲ ସଫାକଲେ, ବାସନ ମାଜିଦେଲେ, ଘର ଝାଡୁ କରିଦେଲେ। ତିନିଜଣୟାକ ମିଶି କଳରୁ ବାଲ୍‌ଟି ବାଲ୍‌ଟି ପାଣି ବୋହି ଆଣିଲେ। ସମସ୍ତେ ତ ଦେଖି କାବାକାଠ! ଯିଏ ଦେଖୁଥାଏ ସେ ଧନ୍ୟ ଧନ୍ୟ ପ୍ରଶଂସା କରୁଥାଏ। ସେଦିନ ବି କେତେଜଣ ବଗୁଲିଆ ପିଲା ବାକିରେ ଖାଇବା ପାଇଁ ଆସି ଏ ପିଲାମାନଙ୍କର କାମ ଦେଖି ଲାଜରେ ଏଡ଼େ ଟିକେ ଟିକେ ମୁହଁକରି ପଳେଇଲେ। କେତେଜଣ ଏମାନଙ୍କ ସଙ୍ଗେ ମିଶି କାମରେ ଲାଗିପଡ଼ିଲେ। ଦୋକାନଘରର ଅଲନ୍ଦୁ ଝାଡ଼ି ଦେଲେ— ଚଟାଣ ଧୋଇ ଚିକ୍‌ ଚିକ୍‌ କରିଦେଲେ। ଦୋକାନ ପାଖ ରାସ୍ତା, ନଳା, ନର୍ଦ୍ଦମା ସଫା କରିଦେଲେ। କବାଟ ଝରକା ପୋଛି ଚିକ୍‌ ଚିକ୍‌ କରିଦେଲେ। ଘଡ଼ିକରେ ଦୋକାନର ରୂପ ବଦଳିଗଲା। ସଫାସୁତୁରା ହେଇ ସବୁଆଡ଼ ଝଟକୁଥାଏ। ଖାଇବାକୁ ଆସୁଥିବା ଗ୍ରାହକମାନେ ଶାନ୍ତିରେ; ମନ ଆନନ୍ଦରେ ବସି ଖାଉଥାନ୍ତି। ଦୋକାନୀ ମହାଖୁସି। ପିଲାମାନଙ୍କ ଖାଇବା ପଇସା ତ ଉଠିଗଲା। ବାଟଖର୍ଚ ପଇସା ବି ଦୋକାନୀ ଦେଇଦେଲା। ଛୋଟିଆ ପିଲାଗୁଡ଼ା ବଡ଼ମଣିଷମାନଙ୍କୁ କାମରେ ଯେଉଁ ମହତ୍ତ୍ୱ ଦେଖାଇ ମହାଶିକ୍ଷା ଦେଇଗଲେ ତା'ର ମୂଲ୍ୟ ତ ଅନେକ ବେଶି, ପଇସା ଦେଇ ତା'ର ମୂଲ୍ୟ ତ ଶୁଝିହେବ ନାହିଁ!

ଡକାୟତ ଆଡ଼ାରେ ତିନିଜଣ

ଘରକୁ ଫେରିଯିବା ପାଇଁ ବାଟଖର୍ଚ ପଇସା ରୋଜଗାର କରି ମନ ଖୁସିରେ ଭାଇଭଉଣୀ ତିନିଜଣଯାକ ବସଷ୍ଟାଣ୍ଡକୁ ବାହାରିଲେ। ଆଗେ ଆଗେ ଚାଲିଥାଏ ବାହାଦୁର। ସତେକି ସାରା ଦୁନିଆର ଯେତେ ଯେଉଁଠି ରାସ୍ତାଘାଟ ସେ ସବୁ ଚିହ୍ନଛି।

ରାସ୍ତା ମଝିରେ ଦୃଷ୍ଟିହୀନ ପିଲାଟିଏ ଅଞ୍ଜାଳି ବାଟ ଚାଲୁଛି। ଆଗରୁ ଗାଡ଼ିଟାଏ ଆସୁଛି। ଓଲଟୁ ସେ ପିଲାଟିର ହାତ ଧରି ରାସ୍ତାପାରି

କରାଇ ଆଣିଲା । ପଚାରିଲା– "ଭାଇ, ତମେ କୋଉ ପର୍ଯ୍ୟନ୍ତ ଯିବ ? କହିବ ତ ବସରେ ଟିକେଟ୍ କାଟି ବସାଇ ଦେବି । ମୋ ପାଖରେ ଆମର ବସ୍‌ଖର୍ଚ୍ଚ ଅପେକ୍ଷା ଅଧିକ ପଇସା ଅଛି ।" ଏତିକିବେଳେ ଛୋଟେଇ ଛୋଟେଇ ଚାଲୁଥିବା ପିଲାଟିଏ ଘୁସୁରି ଘୁସୁରି ସେଠି ଆସି ପହଞ୍ଚିଗଲା । ଢୋଲ୍‌କି ଦୟାପରବଶ ହେଇ ସେହି ପିଲାଟିର ହାତରେ ନିଜ ରୋଜଗାର ପଇସାରୁ ଗୋଟିଏ ପକାଇ ଦେଲା । ପାଲ୍‌ଟୁ ଖୁବ୍‌ ରାଗିଗଲା ଢୋଲ୍‌କି ଉପରେ । ଆଖି ଦେଖାଇ ଆକଟ କରି କହିଲା– "ଢୋଲ୍‌କି, ତତେ ସାଧାରଣ ଭଦ୍ରତା ବି ମାଲୁମ୍‌ ନାହିଁ ? ସେ ତ ଆମରି ଭଲି ପିଲାଟିଏ । ଗୋଡ଼ ଦୁଇଟା ଅକାମୀ ହେଲେ ବି ହାତ ଦୁଇଟା ଅଛି । ଆଖି ଅଛି, ମୁଣ୍ଡ ଅଛି । ମୁଣ୍ଡରେ ବୁଦ୍ଧି ଅଛି । ଆଜିକାଲି ସେମାନଙ୍କ ପାଇଁ ସ୍କୁଲ କଲେଜ ଖୋଲିଲାଣି । ଅନ୍ଧ, ମୂକ, ବଧିର ପିଲାମାନେ ସାଧାରଣ ଲୋକଙ୍କ ଭଲି ପାଠ ପଢ଼ି ଚାକିରି କରୁଛନ୍ତି । ନିଜ ପେଟ ନିଜେ ପୋଷୁଛନ୍ତି । ପରିବାର ବି ପୋଷୁଛନ୍ତି । କାହାରି ଦୟା, ଅନୁଗ୍ରହ ସେମାନଙ୍କର ଦରକାର ନାହିଁ । ତତେ ଯଦି କେହି ଦୟାକରି ପଇସାଟିଏ ତୋ ହାତରେ ପକାଇଦିଏ ତତେ କେମିତି ଲାଗିବ ? ଆମର ପରା ଏଇ କଥା ପଢ଼ା ହେଉଛି । ଆମେ ଯିଏ– ସେମାନେ ସିଏ । ଆମ ଭିତରେ କିଛି ତଫାତ୍‌ ନାହିଁ । ଆମରି ଭଲି ସେମାନେ ବି ମଣିଷ ଭଲି ବଞ୍ଚିପାରିବେ ।"

ପାଲ୍‌ଟୁ ଓ ଓଲ୍‌ଟୁଙ୍କର ଭଲ ବ୍ୟବହାର ଓ ସ୍ନେହଭରା କଥା ଶୁଣି ସେହି ପିଲା ଦୁହିଁଙ୍କ ଆଖିରୁ ଝରଝର ଲୁହ ଝରିପଡ଼ିଲା । ଛୋଟେଇ ଚାଲୁଥିବା ପିଲାଟି ଆଡ଼କୁ ସାଢ଼କୁ ସତର୍କ ଦୃଷ୍ଟିରେ ଚାହିଁଦେଇ କହିଲା– "ଭାଇ, ଆମେ ବି ତମରି ଭଲି ସୁସ୍ଥ ସ୍ୱାଭାବିକ ପିଲାଥିଲୁ । ସ୍କୁଲରେ

ପାଠ ପଢୁଥିଲୁ। ଆମର ବି ଘର ଦ୍ୱାର ଥିଲା। ଆମ ମନରେ ବି ସ୍ନେହ, ପ୍ରେମ, ଦୟା, ମାୟା ସବୁଥିଲା। ହେଲେ ହଠାତ୍ ସବୁକିଛି ଓଲଟ ପାଲଟ ହେଇଗଲା। ଆମେ ହେଇଗଲୁ ଚକ୍ଷୁହୀନ, ଦିବ୍ୟାଙ୍ଗ। କାହାର ଆଖି ନାହିଁ, କାହାର ହାତ ନାହିଁ, କାହାର ଗୋଡ଼ ନାହିଁ। କାହାର ଜିଭ ବି କାଟି ନିଆହେଇଛି।"

—କେମିତି ଏ ସବୁ ହେଲା ? କିଏ ଏ ନିଷ୍ଠୁର କଥା କଲା ? ଢୋଲକି ଲୁହ ଛଳଛଳ ଆଖିରେ କହିଲା।

ଆଖିକୁ ଦିଶୁନଥିବା ପିଲାଟି ଚୁପ୍ ଚୁପ୍ ପାଟିରେ କହିଲା— "ପିଲାଧରା ଆମକୁ ଧରିନେଲା। ଏମିତି ବାପା ମା'ଙ୍କର କଥା ନ ମାନି ଆମେ ରାସ୍ତାରେ ବୁଲୁଥିଲୁ ଖେଳୁଥିଲୁ, ଏକା ଏକା।"

— ପିଲାଧରା ତୁମମାନଙ୍କର ଏ ଅବସ୍ଥା କାହିଁକି କଲା ? ପାଲଟୁ କଣ୍ଠରେ ଉତ୍ତେଜନା।

ଛୋଟପିଲାଟି କହିଲା— "ପଇସା ରୋଜଗାରର ଏ ହେଉଛି ଏକ ବ୍ୟବସାୟ। ଆମ ଦ୍ୱାରା ସେମାନେ ପଇସା ରୋଜଗାର କରି ବଡ଼ଲୋକ ହେବେ।"

ଢୋଲକି ଆଶ୍ଚର୍ଯ୍ୟ କଣ୍ଠରେ ପ୍ରଶ୍ନକଲା— "ମଣିଷ ପିଲାଙ୍କୁ ଦିବ୍ୟାଙ୍ଗ କରି କେମିତି ଭାବେ ପଇସା ରୋଜଗାର କରାଯାଇପାରେ ? ଏ ତ ଅତି ବିଚିତ୍ର କଥା, ନିଷ୍ଠୁର କଥା।"

ଦୃଷ୍ଟିହୀନ ପିଲାଟି କରୁଣ କଣ୍ଠରେ କହିଲା— "ହଁ ଭଉଣୀ, ଆମରି ଦ୍ୱାରା ସେମାନେ ବଡ଼ଲୋକ ହେଉଛନ୍ତି। ଶହ ଶହ ସୁସ୍ଥ ସ୍ୱାଭାବିକ ଶିଶୁଙ୍କୁ ଧରିନେଇ ସେମାନେ ନିଷ୍ଠୁର ଭାବରେ ଦିବ୍ୟାଙ୍ଗ

କରିଦିଅନ୍ତି । ତା'ପରେ ସେମାନଙ୍କୁ ରାସ୍ତାରେ ଛାଡ଼ି ଦିଆଯାଏ । ସେମାନେ ରାସ୍ତାରେ ବୁଲି ବୁଲି ଭିକ ମାଗନ୍ତି । ସେମାନଙ୍କର ବିକଳ ଅବସ୍ଥା ଦେଖି ଦୟାଳୁ ଲୋକମାନେ ପଇସା ଦିଅନ୍ତି । ସେ ପଇସାରେ ମାଲିକ ହୁଅନ୍ତି ସେଇ ଡକାୟତମାନେ । ଆମକୁ ମିଳେ ଶୁଖିଲା ରୁଟି କେତେପଟ । ଭଲ ଖାଦ୍ୟ ଖାଇଲେ ଆମର ସୁସ୍ଥ ଚେହେରା ଦେଖି ଦାତାମାନେ ଦୟାରେ ବିଗଳିତ ହେବେ ନାହିଁ । ତେଣୁ ଆମେ ଭୋକିଲା ପେଟରେ ଶୁଖି ଶୁଖି ରାସ୍ତାରେ ବୁଲି ଭିକ ମାଗୁ । ଏଇ ଆମର ଜୀବନ । ବାପା, ମା', ଘରଦ୍ୱାର ଆମେ ସବୁ ଭୁଲିଗଲୁଣି । ଭାଇମାନେ ! ତମେ ଶୀଘ୍ର ଘରକୁ ପଳାଅ । ଆମ ପଛେ ପଛେ ଡକାୟତମାନଙ୍କର ଗୁପ୍ତଚର ଲାଗି ରହିଛନ୍ତି । ତାଙ୍କ କବଳରେ ପଡ଼ିଲେ ତମମାନଙ୍କର ମଧ ସେଇ ଅବସ୍ଥା ହେବ । ଆମେ ରୁହଁ ଆମ ଦେଶର ଆଉ କୌଣସି ଭାଇଭଉଣୀଙ୍କର ଏ ଅବସ୍ଥା ନ ହେଉ । ସେମାନେ ଭଲ ମଣିଷ ହେଇ ଦେଶର ନାଁ ରଖନ୍ତୁ ।"

ଢୋଲ୍‌କି ଆଖିରୁ ଝରଝର ଲୁହ ଝରି ପଡୁଥିଲା । ଓଲ୍‌ଟୁ ଓ ପାଲ୍‌ଟୁଙ୍କ ଆଖି ଛଳଛଳ ।

ଓଲ୍‌ଟୁ ଚୁପ୍ ଚୁପ୍ କରି କହିଲା— "ଭାଇ, ତମେ ଆମ ସଙ୍ଗେ ରୁହ । ତମ ଘରେ ଆମେ ତମକୁ ପହଞ୍ଚାଇଦେବୁ ।"

ଚକ୍ଷୁହୀନ ବାଳକ କହିଲା— "ଆମ ଘର ସବୁ କାହିଁ କେଉଁଠି ? ଆମ ପଛେ ପଛେ ଗୁପ୍ତଚର ! ସେମାନଙ୍କର ଟିକେ ସନ୍ଦେହ ହେଲେ ସଙ୍ଗେ ସଙ୍ଗେ ଆମର ମୃତ୍ୟୁଦଣ୍ଡ । ତା' ସଙ୍ଗେ ସଙ୍ଗେ ତମମାନଙ୍କ ଅମୂଲ୍ୟ ଜୀବନ ମଧ ନଷ୍ଟ ହେଇଯିବ । ଆମେ ହୁଏତ ତମ ସଙ୍ଗେ କୌଣସିମତେ ଖସିଯିବୁ, କିନ୍ତୁ ଆମରି ଭଳି ଶହ ଶହ ଶିଶୁ ତ

ସେଇମାନଙ୍କ କବଲରେ ପଡ଼ି ଦିନରାତି ଝୁରି ଝୁରି ନାନା ଅତ୍ୟାଚାର ସହି ସହି ଶଢୁଛନ୍ତି । ସେମାନଙ୍କ ଅବସ୍ଥା କ'ଣ ହେବ ? ତାଙ୍କୁ ମରଣ ଗୁମ୍ଫାରେ ଛାଡ଼ି ଦେଇ ଆମେ ତ ତମ ସଙ୍ଗେ ଯାଇ ପାରିବୁ ନାହିଁ । ବରଂ ତମେ ଯଦି ଏ ଅନ୍ୟାୟର କିଛି ବ୍ୟବସ୍ଥା କରିପାରିବ କର ।"

ଓଲ୍‌ଟୁ ପାଲ୍‌ଟୁଙ୍କ ମନରେ ଗୋଟାଏ ବିଚିତ୍ର ଭାବନା ଦେଖାଦେଲା । ସେମାନେ ଭାବିଲେ ଆଖି ଆଗରେ ତାଙ୍କରି ଭଳି ଶହ ଶହ ଶିଶୁଙ୍କର ଦୁର୍ଦଶା ଦେଖି ସେମାନେ ସ୍ୱାର୍ଥପର ଭଳି ବାପା ମା'ଙ୍କ କୋଳକୁ ଫେରିଯାଇ ସୁଖରେ, ମଉଜରେ ଦିନ କାଟିବା ଖୁବ୍‌ ଲଜ୍ଜାକର କାମ ହେବ । ରାସ୍ତାରେ ଗଲାବେଳେ ଏମିତି ଦିବ୍ୟାଙ୍ଗ ମଣିଷମାନଙ୍କ ହାତରେ ପଇସାଟାଏ ପକାଇଦେଇ ଦାତାପଣିଆର ବାହାବା ନେବାକୁ ତାଙ୍କ ମନରେ ଆଗ୍ରହ ନାହିଁ । ବରଂ ସେମାନେ ଏଇ ପରିସ୍ଥିତିର ମୁକାବିଲା କରିବେ ଓ ସେଇ ଡକାୟତମାନଙ୍କୁ ଧରାପକାଇ ଦେଇ ଏଇ ହୀନ ବ୍ୟବସାୟର ବିନାଶ ସାଧନ କରିବେ । ପ୍ରଥମେ ସେଇ ଡକାୟତମାନଙ୍କର ଆଡ଼ା ସନ୍ଧାନ କରିବାକୁ ହେବ । ତା'ପରେ ଅନ୍ୟ କଥା । କିନ୍ତୁ ସେଠିକି ଯିବେ କେମିତି ? ସେମାନେ ସେହି ପିଲା ଦୁଇଟିଙ୍କୁ ନିଜର ମନକଥା ଜଣାଇଲେ । ପିଲାମାନେ ଭୟରେ ଥରିଉଠି କହିଲେ– "ଭାଇ, ଜାଣିଶୁଣି ମରଣ ଯନ୍ତାରେ ପାଦ ଦିଅନାହିଁ, ସେଠିକି ଥରେ ଗଲେ କେହି କେବେ ମୁକୁଲେ ନାହିଁ । ଆମ ଜୀବନ ତ ନଷ୍ଟ ହୋଇଛି । ଆମ ପାଇଁ ତମର ଅମୂଲ୍ୟ ଜୀବନ କାହିଁକି ନଷ୍ଟ ହେବ ?"

ଓଲ୍‌ଟୁ କହିଲା– "ଭାଇ, ତମ ଜୀବନ ନଷ୍ଟ ହେଇନାହିଁ । ତମମାନଙ୍କୁ ଏ ରାକ୍ଷସମାନଙ୍କ କବଲରୁ ପ୍ରଥମେ ମୁକ୍ତ ହେବାକୁ

ପଡ଼ିବ । ତା' ପରେ ତମର ଚିକିସା ହେବ । ତମମାନଙ୍କ ପାଇଁ ସ୍ୱତନ୍ତ୍ର ଶିକ୍ଷା ପ୍ରଣାଳୀ ରହିଛି । ନାନା ପ୍ରକାର ଆଧୁନିକ ପଦ୍ଧତିରେ ଚିକିସା ହେଇ ତମେ ସୁସ୍ଥ ହେଇ ପାରିବ । ଆମମାନଙ୍କର ଗୋଟିଏ ଲେଖାଁ ଆଖି ଆମେ ତମକୁ ଦେଇଦେବୁ । ତମେ ବି ଭଲରେ ରହିବ, ଆମେ ବି ।" ଏଇ ଦୟାଳୁ ପିଲାମାନଙ୍କ କଥାରେ ସେମାନେ ରାଜି ହୋଇଗଲେ । ଡକାୟତ ଆଡ଼ାକୁ ସେମାନଙ୍କୁ ନେଇଯିବା ପାଇଁ ମନେ ମନେ ଫିକର କଲେ । ସେଇମାନଙ୍କ ବୁଦ୍ଧିରେ ଓଲଟୁ ସାଜିଲା ଚକ୍ଷୁହୀନ, ପାଲଟୁ ଛୋଟେଇ ଛୋଟେଇ ଚାଲିଲା, ଢୋଲ୍‌କି ପାଲଟିଲା ଘୁଙ୍ଗୀ । ସେମାନେ ସୁନ୍ଦରଭାବେ ଦିବ୍ୟାଙ୍ଗ ପିଲାଙ୍କର ଅଭିନୟ କରିଗଲେ । ଏଥର ସେମାନେ ଅନ୍ୟ ପିଲାଙ୍କ ସଙ୍ଗେ ମିଶି ଡକାୟତ ଆଡ଼ାକୁ ଖସିଯାଇ ପାରିବେ । କିନ୍ତୁ ବାହାଦୁରକୁ ଛାଡ଼ିବାକୁ ପଡ଼ିବ । ବାହାଦୁର ଭଲି ଏତେ ସୁନ୍ଦର ଡଉଲଡାଉଲ ଖାମ୍ପୁରୁ ଖାମ୍ପୁରୁ ରୁମ୍‌ବାଲା କୁକୁରଟିକୁ ଏମାନଙ୍କ ସଙ୍ଗେ ଦେଖିଲେ ଡକାୟତମାନେ ନିଶ୍ଚୟ ସନ୍ଦେହ କରିବେ । ହେଲେ ବାହାଦୁର ଭଲି ବିପଦର ବନ୍ଧୁଟିକୁ ଛାଡ଼ିବେ କେମିତି ?

ଏମାନଙ୍କର କଥା ବାହାଦୁର ସତେ ଯେମିତି ବୁଝି ପାରୁଥାଏ । ସେ ହଠାତ୍ ପଛ ଦୁଇ ଗୋଡ଼ ଘୋଷାରି ଘୋଷାରି ଛୋଟା କୁକୁର ଭଲି ଖସିବାର ଅଭିନୟ କଲା । ବାହାଦୁରର ଅଭିନୟରେ ସମସ୍ତେ ଖୁସି ହେଇଗଲେ । କିନ୍ତୁ ତା'ର ଏ ଡଉଲଡାଉଲ ଚେହେରାଟା ତ ଅସୁବିଧାରେ ପକାଇବ ସମସ୍ତଙ୍କୁ । ଡକାୟତମାନେ ନିଶ୍ଚୟ ସନ୍ଦେହ କରିବେ ଯେ ଭିକ ମାଗି ଖାଉଥିବା ଏଇ ବିକଳାଙ୍ଗ ପିଲା ତିନିଟାଙ୍କ କୁକୁର ଏତେ ସୁସ୍ଥସବଳ ହେଲା କେମିତି ?

—ତେବେ କ'ଣ କରିବା ? ଓଲ୍ଟୁ କହିଲା ।

— ସେଇକଥା ତ ଭାବୁଛି । ବାହାଦୁରକୁ ତ ଛାଡ଼ିହେବନି ।
ପାଲ୍ଟୁ ଉତ୍ତର ଦେଲା ।

ଢୋଲ୍କି ବାହାରିପଡ଼ି କହିଲା— ତେବେ ଏଥର ମୋ ବୁଦ୍ଧିରେ
କାମ କର ।

— ଦେଖାଯାଉ । କି ମସଲା ରଖିଛୁ ମୁଣ୍ଡରେ । ପାଲ୍ଟୁ ଠିଙ୍କାକଲା ।
ଢୋଲ୍କି କହିଲା— ବାହାଦୁରର ରୁମସବୁ ପୁଲାପୁଲା କରି ଏଠୁ ସେଠୁ
କାଟି ପକାଇଲେ ସେ ନିଶ୍ଚୟ ରୋଗଣା ଦିଶିବ ।

—ହଁ ସତ କଥା । ସମସ୍ତେ ଢୋଲ୍କି କଥାରେ ରାଜି
ହୋଇଗଲେ । ବାହାଦୁରକୁ ନେଇ ରାସ୍ତାକଡ଼ରେ ବସିଥିବା ବାରିକ
ପାଖରେ ଅସନା ଅବାଗିଆ କରି ରୁମ କଟାଇ ଆଣିଲା ପାଲ୍ଟୁ । କାଉ
ଖଣ୍ଡିଆ କଲାଭଳି ଏଠୁ ସେଠୁ ରୁମସବୁ ଚନ୍ଦା କରିଦେବାରୁ ଏଡ଼େ
ସୁନ୍ଦର କଉତୁକିଆ କୁକୁର ଛୁଆଟା ଅପରଚ୍ଛନିଆ ମେଢ଼ିଆ ଦିଶିଲା ।
ସମସ୍ତଙ୍କର ମନ ଟିକିଏ କଷ୍ଟ ହେଇଗଲା ।

ଓଲ୍ଟୁ ବୁଝାଇଲା— "ହଉ, କାମଟା ଆଦାୟ ହେଇଗଲେ ପୁଣି
ରୁମ ବଢ଼ାଇ ଦେବା ଯେ । ବାହାରର ରୂପଟା ତ ଅସଲ ପରିଚୟ
ନୁହେଁ । ଭିତରର ଗୁଣ ହେଉଛି ବଡ଼ କଥା । ଜାତିର ପିତା ମହାତ୍ମାଗାନ୍ଧି
ଆଣ୍ଠୁ ନ ଲୁଚିବା ଧୋତିପିନ୍ଧା ଫୁଙ୍ଗୁଲା ଦେହରେ ଖଦଡ଼ ଚଦର
ଘୋଡ଼େଇ ହେଇ ବୁଲୁଥିଲେ ବୋଲି ଗୋରା ସାହେବମାନେ ତାଙ୍କୁ
'ଲଙ୍ଗଲା ଫକିର' ଓ 'ଅସଭ୍ୟ' ବୋଲି ଠଟ୍ଟା କରୁଥିଲେ । ଶେଷରେ
କ'ଣ ହେଲା ? ସେଇ ଲଙ୍ଗଲା ଫକିର ବିନା ଯୁଦ୍ଧରେ ଅହିଂସା

ଆଚରଣ କରି ତାଙ୍କୁ ଏ ଦେଶରୁ ତଡ଼ିଦେଇ 'ଜାତିର ପିତା' ହେଇଗଲେ । ଆମେ ତାଙ୍କୁଇ ଅନୁସରଣ କରି କାମକରିବା ।" ସମସ୍ତଙ୍କ ମନ ପୁଣି ଖୁସି ହେଇଗଲା ।

ସମସ୍ତେ ମିଶି ଚାଲିଲେ ଡକାୟତ ଆଡ଼ାକୁ । ସହରର ଶେଷସୀମୁଣ୍ଡରେ ଜଙ୍ଗଲ ଆରମ୍ଭ ।

ସଞ୍ଜ ହେଇ ଆସୁଛି । ଜଙ୍ଗଲ ଭିତରୁ ବାହାରି ଆସିଲେ ଚାରିଜଣ ଗୁଣ୍ଡା ଚେହେରାର ଲୋକ । ପାଲଟୁ ପଚାରିଲା– "ଏମାନେ କିଏ ?"

ଛୋଟା ପିଲାଟି କହିଲା– "ସେମାନେ ହେଲେ ଡକାୟତର ଗୁପ୍ତଚର । ଠିକ୍ ଏଇଠାରୁ ସେମାନେ ଦେଖ଼ିପାରୁଥିବା ପିଲାମାନଙ୍କ ଆଖିରେ ଅନ୍ଧପୁଟୁଲି ବାନ୍ଧି ଦେବେ । ତା'ପରେ ଆମକୁ ନେଇଯିବେ ତାଙ୍କର ଆଡ଼ାକୁ । ଯେମିତିକି ଆମେ ନିଜେ କେବେ ଏକା ଏକା ଆଡ଼ାରୁ ଖସି ଆସି ପାରିବୁ ନାହିଁ । ଠିକ୍ ଏଇଠୁ ତମ ସମସ୍ତଙ୍କୁ ସତର୍କ ହେଇଯିବାକୁ ପଡ଼ିବ ।"

ସଙ୍ଗେ ସଙ୍ଗେ ଓଲଟୁ ଅନ୍ଧର ଅଭିନୟ କଲା । ପାଲଟୁ ଛୋଟା ପାଲଟିଗଲା । ଢୋଲକି ବଲ ବଲ କରି ସମସ୍ତଙ୍କୁ ଚାହିଁ ଘୁଙ୍ଗୀ ଝିଅ ଭଳି ଅଭିନୟ କଲା । ବାହାଦୁର ସମସ୍ତଙ୍କୁ ଟପିଯାଇ ପୂରା ଲେଙ୍ଗଡ଼ା କୁକୁର ଭଳି ଘୁସୁରି ଘୁସୁରି ଚାଲିଲା ।

ଡକାୟତର ଗୁପ୍ତଚରମାନେ ଆସି ଏମାନଙ୍କୁ ଘେରିଗଲେ । କଟ୍‌ମଟ୍ ଚାହିଁକରି ପଚାରିଲେ, ଏମାନେ କିଏ ?

ଛୋଟା ପିଲାଟି କହିଲା– "ଆମରି ଭଳି ଏମାନେ ବି ଭିକ ମାଗୁଥିଲେ । ଭାଇ ଭଉଣୀ ତିନିଜଣୟାକ ଛୋଟା, ଅନ୍ଧ ଆଉ ଘୁଙ୍ଗୀ ।

ଏମିତିକି ତାଙ୍କର ସାଥୀ କୁକୁରଟି ମଧ ଲେଙ୍ଗୋଡ଼ା ହେଇଯାଇଛି । ଘରଦ୍ୱାର, ମା' ବାପା କେହି ନାହାନ୍ତି । ନଈ ବଢ଼ିରେ ସବୁ ଭାସିଯାଇଛି । ଭାଗ୍ୟକୁ ଏମାନେ ମାମୁଘର ଯାଇଥିଲେ ବୋଲି ବଞ୍ଚିଗଲେ । ମା' ବାପା ବଢ଼ିପାଣିରେ ଭାସିଯିବା ପରେ ମାମୁ ମାଈଁ ଘରୁ ବାହାର କରିଦେଲେ । ଏବେ ଭିକମାଗି ପେଟ ପୋଷୁଛନ୍ତି । ଘର ଦ୍ୱାର ନାହିଁ । ଖରା କାକରରେ ଗଛମୂଳେ ପଡ଼ି ରହୁଛନ୍ତି । ଆମେ ତାଙ୍କୁ ଆମ ଘରକୁ ଡାକି ଆଣିଛୁ । ଏଣିକି ସେ ଆମ ପରିବାରରେ ରହିବେ । ଯାହା ଆଣିବେ ଆମରିମାନଙ୍କ ଭଳି ମାଲିକଙ୍କୁ ଦେବେ । ଆମରି ସଙ୍ଗେ ଖାଇବେ, ରହିବେ ।"

ଡକାୟତର ଗୁପ୍ତଚର ଛୋଟ ବାଲକର କଥା ସତ ସତ ବିଶ୍ୱାସ କରିଗଲା । ତାଙ୍କ ପିଠି ଥାପୁଡ଼େଇ କହିଲା— "ସାବାସ୍‌ । ଏମିତି ପିଲାଗୁଡ଼ିଏ ଆମକୁ ଆପେ ଆପେ ମିଲିଗଲେ ଆମେ କାହିଁକି ଭଲ ପିଲାଗୁଡ଼ିକୁ ଧରିଆଣି ଆଖି କାନ ଫୁଟେଇ ଦିଅନ୍ତୁ । ଗୋଡ଼ ହାତ ହାଣି ଛୋଟା କରନ୍ତୁ ।"

ଓଲଟୁ ଆଖିବୁଜି ଅଣ୍ଟାଲି ଅଣ୍ଟାଲି ବାଟ ରଲୁ ରଲୁ କହିଲା, "ଆଜ୍ଞା, ଆମର ଆମଭଳି କେତେ ସାଙ୍ଗ ଅଛନ୍ତି । ଆମେ ତାଙ୍କୁ ଶିଖାଇ ଆମ ସଙ୍ଗରେ ନେଇ ଆସିବୁ । ସେମାନେ ସବୁ ମୁକବଧିର ସ୍କୁଲରେ ପାଠ ପଢୁଛନ୍ତି । କହିବେ ଯଦି ସେ ମାଷ୍ଟରକୁ ବି ଶିଖେଇ ନେଇ ଆସିବୁ । ମାଷ୍ଟର ଥିବାରୁ ପିଲାମାନେ ସିନା ରାସ୍ତାରେ ଭିକ ନ ମାଗି ପାଠ ପଢୁଛନ୍ତି । ମାଷ୍ଟର ନ ଥିଲେ ତ ସବୁପିଲା ଭିକ ମାଗିବେ ଆଉ ଆମ ଦଲରେ ଖୁସିରେ ମିଶିବେ ।"

ଆଉ ଜଣେ ଗୁପ୍ତଚର ଖୁସିରେ କହିଲା— "ଠିକ୍‌ କଥା । ଅନ୍ଧ,

ଛୋଟା, କାଳ ଜଡ଼ା ପିଲାଗୁଡ଼ା ପାଠପଢ଼ି କ'ଣ କରିବେ ? ବରଂ ଆମ ଦଳରେ ମିଶିଲେ ପ୍ରତିଦିନ ସନ୍ଧ୍ୟାରେ ରୁଟି ଦି ପଟ ତ ନିଶ୍ଚୟ ପାଇବେ। ସମାଜ ଭିତରେ ରହି ସେମାନେ କ'ଣ ବା ଅଧିକ କରିବେ ?" ପାଲ୍‌ଟୁ ପାଟି ଖଲଖଲ ହଉଥାଏ। ସେ ଭାବୁଥାଏ କହିଦବ, "ଦିବ୍ୟାଙ୍ଗମାନଙ୍କୁ ସମାଜଠାରୁ ଦୂରେଇ ରଖିବା ଠିକ୍ ନୁହେଁ। ଏମାନେ ମଧ ହେଉଛନ୍ତି ଆମ ସମାଜର ଏକ ଅଙ୍ଗ। ଉପଯୁକ୍ତ ଶିକ୍ଷା ଓ ସୁବିଧା ପାଇଲେ ଦିବ୍ୟାଙ୍ଗମାନେ ମଧ ସାଧାରଣ ଲୋକଙ୍କ ଭଳି କାର୍ଯ୍ୟ କରିପାରିବେ। ସେମାନଙ୍କୁ ଅସହାୟ ବୋଲି ଭାବିବା ଉଚିତ୍ ନୁହେଁ। ସେମାନେ ମଧ ଅନ୍ୟ ଲୋକଙ୍କ ଭଳି ସମାଜର ବିକାଶ କାର୍ଯ୍ୟରେ ସହଯୋଗ କରିପାରିବେ। ଦିବ୍ୟାଙ୍ଗମାନେ ମଧ ନିଜକୁ ହୀନ ମନେକରିବା ଉଚିତ ନୁହେଁ।"

ଏତେ ସବୁ କଥା ଭାବିଗଲେ ମଧ ଓଲ୍‌ଟୁ କିଛି କହି ପାରିଲାନାହିଁ। ବର୍ତ୍ତମାନ କାମ କରିବାର ବେଳା। କଥା କହିଲେ ସବୁ ଭଣ୍ଡୁର ହେଇଯିବ। ସେ ଚୁପ୍‌ଚୁପ୍ ଚାଲିବାକୁ ଲାଗିଲା।

ସମସ୍ତେ ଡକାୟତ ଆଡ଼ାରେ ପହଞ୍ଚିଲେ। ମାଲିକ ନୂଆ ସଭ୍ୟମାନଙ୍କୁ ଦେଖି ଭାରି ଖୁସି ହେଲେ। କିନ୍ତୁ ସେମାନଙ୍କ ଉପରେ ସତର୍କ ଦୃଷ୍ଟି ରଖିବା ପାଇଁ ତାଙ୍କର ଅନୁଚରମାନଙ୍କୁ ଗୋପନରେ ପରାମର୍ଶ ଦେଲେ।

ଖୁବ୍ କଷ୍ଟରେ ଓଲ୍‌ଟୁ, ପାଲ୍‌ଟୁ ଓ ଢୋଲ୍‌କିଙ୍କ ଦିନ ଗଡ଼ିଯାଉଥାଏ। ଦିନ ଦିନ ଧରି ଖରାରେ ତରାରେ ବୁଲି ଭିକ ମାଗି ମାଗି ରାତିକୁ ଦୁଇପଟ ଶୁଖିଲା ରୁଟି ମିଳେ। ବାହାଦୁର ବି ସେ ରୁଟି ଖାଇପାରେ ନାହିଁ। ତଥାପି କଷ୍ଟ ସହିବାକୁ ବାଧ୍ୟ। କିଛି ଗୋଟାଏ

ଭଲକାମ ପଛରେ ଅନେକ କଷ୍ଟ ଓ ଅନେକ ତ୍ୟାଗର କାହାଣୀ ଏ ଦେଶର ଇତିହାସରେ ଲେଖା ଅଛି । ସେମାନେ ପଛଘୁଞ୍ଚା ଦେବେ କିପରି ?

ଦିନେ ଜଣେ ଅପରିଚିତ ଦୃଷ୍ଟିହୀନ ପିଲା ସଙ୍ଗେ ଓଲଟୁ ରାସ୍ତାରେ ଧକ୍କା ହୋଇଗଲା । ଓଲଟୁ ତ ରାସ୍ତାରେ ଦୃଷ୍ଟିହୀନ ଭଳି ଅଭିନୟ କରି ଭିକ ମାଗେ । ସେ ପିଲାଟି କହିଲା— "ଭାଇ, କ୍ଷମା କରିବ । ମତେ ବାଟ ଦିଶୁନାହିଁ । ଜାଣି ଜାଣି ତମ ସହ ଧକ୍କା ଲଗାଇ ନାହିଁ । ମୋ ଆଖିକୁ କିଛି ଦିଶେ ନାହିଁ । ଦୃଷ୍ଟିହୀନ ସ୍କୁଲକୁ ଯାଉଛି । ଏବେ ସ୍କୁଲର ଶେଷବର୍ଷର ଛାତ୍ର ।"

ଓଲଟୁ ଖୁସିରେ ସେଇ ବାଳକଟିର ହାତ ଧରିପକାଇ କହିଲା— "ଭାଇ, ମୁଁ ମଧ୍ୟ ତମରି ଭଳି ଦୃଷ୍ଟିହୀନ ପିଲାଟିଏ । ରାସ୍ତାରେ ଭିକ ମାଗିବା ମୋର କାମ । ତମ ଦେହରେ ଧକ୍କା ଖାଇଥିବାରୁ ମୁଁ ବି ଦୁଃଖିତ ।"

ପୂର୍ବ ବାଳକଟି ଦୁଃଖଭରା ସ୍ୱରରେ କହିଲା— "ଭାଇ, ତମେ ଭିକ ମାଗୁଛ କାହିଁକି ? ତମେ ତ ପାଠପଢ଼ି ଉପାର୍ଜନକ୍ଷମ ହେଇପାରିବ । ଦିବ୍ୟାଙ୍ଗ ମଣିଷମାନେ ଟ୍ରେନିଂ ନେଇ ଅନେକ ବିଷୟରେ କାର୍ଯ୍ୟକ୍ଷମ ଓ ପାରଙ୍ଗମ ହେଉଥିବାର ଦୃଷ୍ଟାନ୍ତ ରହିଛି । ତମେ ବରଂ ମୋ ସଙ୍ଗେ ଆସ । ସ୍କୁଲରେ ନାଁ ଲେଖାଇ ପାଠ ପଢ଼ ।"

ଓଲଟୁ ଅନୁରୋଧ ଭରା ସ୍ୱରରେ କହିଲା— "ଭାଇ, ବରଂ ତମେ ମୋ ସଙ୍ଗେ ଆସ । ତା' ହେଲେ ଦିବ୍ୟାଙ୍ଗ ଶିଶୁମାନଙ୍କୁ

ଯମପୁରରୁ ଉଦ୍ଧାର କରିବାରେ ଆମକୁ ସାହାଯ୍ୟ କରିବ । ମୁଁ ପ୍ରକୃତରେ ବିକଳାଙ୍ଗ ନୁହେଁ । ମୁଁ ଅଭିନୟ କରୁଛି ।"

ସେହି ବାଳକଟି ଅବାକ୍ ହେଇଗଲା । ପାଲଟୁ ଠିକେ ଠିକେ ସବୁ ବର୍ଣ୍ଣନା କରିଗଲା । ଦୃଷ୍ଟିହୀନ ସ୍କୁଲର ଛାତ୍ର ମୋହନ ସଙ୍ଗେ ସଙ୍ଗେ ଏମାନଙ୍କ ସଙ୍ଗେ ଡକାୟତ ଆଡ଼ାକୁ ଯିବାପାଇଁ ପ୍ରସ୍ତୁତ ହେଲା । ସେ ଯେତିକି ପାଠ ପଢ଼ିଛି ସେତିକିରେ ଆଉ ପାଞ୍ଚଜଣ ଦୃଷ୍ଟିହୀନ ପିଲାଙ୍କୁ ସେ ଶିକ୍ଷା ଦେଇ ପାରିବ । ବିପଦରୁ ଉଦ୍ଧାର କରିବାର ବାଟ ବତାଇ ପାରିବ । ନିଜେ ସୁଖରେ ରହି ଆଉ ପାଞ୍ଚଜଣ ଦୁଃଖରେ ରହିଲେ ପ୍ରକୃତରେ ସୁଖ ମିଳେ ନାହିଁ । ଅନ୍ୟର ସୁଖ ପାଇଁ ଦୁଃଖ ବରଣ କରିବା ହେଉଛି ପ୍ରକୃତ ସୁଖ । ସେଇଥିପାଇଁ ତ ବାରବରଷର ବାଲ୍‌ତପିଲା ଧର୍ମପଦ ବାରଶ ବଢ଼େଇଙ୍କ ଜୀବନ ରକ୍ଷା ପାଇଁ ଅତଳ ସମୁଦ୍ରକୁ ଝାସ ଦେଇଦେଲା ।

ଡକାୟତ ଆଡ଼ାରେ ପାଠପଢ଼ା

ମୋହନଭାଇ ଡକାୟତ ଆଡ଼ାରେ ପହଞ୍ଚିବା ପରେ ସବୁଦିନ ରାତିରେ ଡକାୟତମାନେ ମଦ ଖାଇ ମାତାଲ୍ ହେଇ ଗଡ଼ିବାବେଳେ ଏମାନଙ୍କର ପାଠପଢ଼ା ଆରମ୍ଭ ହୁଏ। ଛୋଟା ପିଲାମାନଙ୍କୁ ଓଲଟୁ, ପାଲଟୁ ଓ ଢୋଲକି ନିଜ ବିଦ୍ୟା ବୁଦ୍ଧି ଅନୁସାରେ ପାଠ ପଢ଼ାନ୍ତି ଓ ଦୃଷ୍ଟିହୀନ ପିଲାମାନଙ୍କୁ ମୋହନ ପାଠ ପଢ଼ାଏ। ଆତ୍ମରକ୍ଷା ପାଇଁ,

ବିପଦର ମୁକାବିଲା ପାଇଁ, ଜୀବନର ସମସ୍ୟାକୁ ସଫଳତାର ସହିତ ସମାଧାନ କରିବା ପାଇଁ ବିଦ୍ୟା ପ୍ରଧାନ ସହଚର ବୋଲି ସେମାନେ ବୁଝିପାରିଥାନ୍ତି । ପାଠ ପଢ଼ା ସଙ୍ଗେ ସଙ୍ଗେ ସେମାନେ ଡକାୟତଙ୍କୁ ଧରାପକାଇବାର ସୁଯୋଗ ଖୋଜୁଥାନ୍ତି । ପୋଲିସ ଷ୍ଟେସନ ଯାଇ ଖବର ଦେବାର ସୁଯୋଗ ଆଦୌ ମିଳେ ନାହିଁ । ସବୁବେଳେ ଡକାୟତଙ୍କ ଗୁପ୍ତଚର ପଛେ ପଛେ ଲାଗିଥାନ୍ତି । ଦିନେ ଭାଇ ଭଉଣୀ ତିନିହେଁ ଗୋଟିଏ ବୁଦ୍ଧି ପାଞ୍ଚିଲେ । ବାହାଦୁରକୁ ବିନା କାରଣରେ ଓଲଟୁ ଖୁବ୍ ପିଟିଲା । ପାଲ୍‌ଟୁ ବାହାଦୁରକୁ ଗୋଇଠା ମାରି 'ବାହାରି ଯା' 'ବାହାରି ଯା' ବୋଲି ଚିତ୍କାର କଲା । ଢୋଲକି କହିଲା 'ଏ କୁକୁରଟାକୁ ଶୀଘ୍ର ବିଦା କର' । ଡକାୟତ ସର୍ଦାର କିଛି ବୁଝି ନ ପାରି ପଚାରିଲା—
"କ'ଣ ହେଲା ? ତମର ସାଙ୍ଗ କୁକୁର ଛୁଆକୁ ପିଟୁଛ କାହିଁକି ?"

ଓଲଟୁ କହିଲା— "ଆଜିକାଲି ସେ ଆଉ ଆମର କଥା ମାନୁନି । ଆମ ଖାଇବାରେ ଭାଗହେଇ ଦିନକୁଦିନ ଅଳସୁଆ ହେଇ ଯାଉଛି । ଲେଙ୍ଗୋଡ଼ା ଅଳସୁଆ କୁକୁରଟାକୁ ରଖି ଲାଭ କ'ଣ ?"

ସର୍ଦାର କହିଲା — "ହଁ ସତ କଥା । ତେବେ ତାକୁ ଗୁଲି କରିଦିଅ ।" ଢୋଲକି ହାତଯୋଡ଼ି କହିଲା— "ସର୍ଦାର । ଚୁଚୁନ୍ଦ୍ରାକୁ ମାରିଲେ ହାତ ଗନ୍ଧେଇବ । ମେଢ଼ିଆ ଛୋଟା କୁକୁରଟାକୁ ଗୁଲିକରି ନିଜର ଗୁଲି ନଷ୍ଟ କରିବେ କାହିଁକି ? ବରଂ ହରିଣ କି ସମ୍ବରଟାଏ ମାରିଲେ ବଢ଼ିଆ ଭୋଜି ହେବ ।"

ସର୍ଦାର ଖୁସିହେଇ ଯାଇ କହିଲା— "ସାବାସ୍ । ଖୁବ୍ ବୁଢ଼ିଆ ଝିଅ । ତେବେ କୁକୁରଟାକୁ ବାହାର କରିଦିଅ । ମୁଁ ଯାଉଛି ଶିକାର କରି । ଆଜି ରାତିରେ ବଢ଼ିଆ ଭୋଜି କରିବା ।"

ପାଲ୍‍ଟୁ ବାହାଦୁରକୁ ଗୋଇଠା ମାରି ମାରି ଖଣ୍ଡେ ବାଟରେ ଛାଡ଼ି ଆସିଲା । ବିଚରା ବାହାଦୁର କିଛି ନ ଜାଣିଲା ଭଳି ବିକଳ ହେଇ କୁଁ କୁଁ ଶବ୍ଦ କରି କାନ୍ଦୁଥାଏ, ଆଉ ବଡ଼ କଷ୍ଟରେ ଛୋଟେଇ ଛୋଟେଇ ଘୁସ୍‍ରି ଘୁସ୍‍ରି ଜଙ୍ଗଲ ରାସ୍ତାରେ ଦୂରକୁ ଖଲିଯାଉଥାଏ ।

ମୋହନ ଏ ସବୁ ଜାଣି ନପାରି ଓଲଟୁକୁ ଆସ୍ତେ ପଚରିଲା– “ଭାଇ, ଏ ତମେ କ’ଣ କଲ ? ସୁଖ ଦୁଃଖର ସାଙ୍ଗଟିକୁ ବିନା ଦୋଷରେ ତଡ଼ିଦେଲ ?”

ପାଲ୍‍ଟୁ ଚୁପ୍ ଚୁପ୍ କରି କହିଲା– “ବାହାଦୁର ଯାଇଛି ମାମୁ ଘରକୁ । ମାମୁଙ୍କୁ ସଦଳବଳ ଡାକି ଆଣିବ ।”

–ମାନେ ? ମୋହନ ଆଶ୍ଚର୍ଯ୍ୟ ହେଇ ପଚରିଲା ।

ଓଲଟୁ କହିଲା– “ଡକାୟତ୍ ଆଡ଼ାର ନକ୍‍ସା ସହ ଖଣ୍ଡେ ଚିଠି ଲେଖି ବାହାଦୁରର ପାଟି ଭିତରେ ମୁଁ ରଖିଦେଇଛି ପତ୍ରରେ ବାନ୍ଧି ଦେଇ । ମୋର ଠାର ବାହାଦୁର ବୁଝିପାରେ । ବାହାଦୁର ସିଧା ଯିବ ପୋଲିସ ଷ୍ଟେସନକୁ । ଆଜି ରାତି ଅଧକୁ ଯେତେବେଳେ ଡକାୟତମାନେ ଭୋଜି ଖାଇ ଗଡ଼ୁଥିବେ ଠିକ୍ ସେତିକିବେଳେ ତାଙ୍କର ଆଡ଼ା ଘେରାଉ ହେବ । ସମସ୍ତେ ଧରା ପଡ଼ିବେ ।”

ମୋହନ ଖୁସି ହେଇଗଲା ।

ଏଣେ ଡକାୟତର ଗୁପ୍ତଚରମାନେ ବାହାଦୁର ଉପରେ ନଜର ରଖିଥାଆନ୍ତି । ବାହାଦୁର ଛୋଟେଇ ଛୋଟେଇ ଜଙ୍ଗଲ ଶେଷଯାଏ ଗଲା । ପଛକୁ ରୁହିଁ ଦେଖିଲା କେହି ଦିଶୁନାହାନ୍ତି । ଏଥର ମହାଆରାମରେ ସେ ଭଲ କୁକୁର ଭଳି ଡେଇଁ ଡେଇଁ ନାଚି ନାଚି

ରାସ୍ତା ପାରିହେଇ ଖେଳିବାକୁ ଲାଗିଲା । ଡକାୟତଙ୍କର ଗୁପ୍ତଚର ଫେରିଆସି ସବୁକଥା ସର୍ଦାରଙ୍କୁ ଜଣାଇଲା । ସର୍ଦାର ବୁଝିପାରିଲେ ଏ ଭାଇଭଉଣୀ ତିନିଜଣ ବାହାଦୁର ଭଲି ପ୍ରକୃତ ଛୋଟା, ଅନ୍ଧ ବା ଘୁଙ୍ଗୀ ନୁହନ୍ତି । ଏମାନଙ୍କ ଆସିବା ପଛରେ ନିଶ୍ଚୟ କିଛି ରହସ୍ୟ ଅଛି । ସେମାନେ ସ୍ଥିର କଲେ ସେଦିନ ରାତିରେ ଏ ଭାଇଭଉଣୀଙ୍କ ସମେତ ସମସ୍ତଙ୍କୁ ପୋଡ଼ି ମାରି ପକାଇ ଅନ୍ୟ ସ୍ଥାନକୁ ଆଡ଼ା ଉଠାଇ ଖେଳିଯିବେ । ନଚେତ୍ ତାଙ୍କର ସବୁକଥା ଦିନେ ନା ଦିନେ ଧରାପଡ଼ିଯିବ ।

ସନ୍ଧ୍ୟାରେ ଭୋଜି ହେଲା । ସବୁ ପିଲାଙ୍କୁ ସେଦିନ ଭଲକରି ପେଟ ଭର୍ତ୍ତିକରି ଖାଇବାକୁ ଦିଆହେଲା । ସର୍ଦାର ମନେ ମନେ କହୁଥାଏ– "ଖାଇ ଥାଅରେ ପିଲାଏ । ଏଇ ତମର ଶେଷ ଖିଆ । ତମ ଖେଳାଖ୍ ଧରା ପଡ଼ିଯାଇଛି । ଏଥର ମର । ଆମକୁ ଆଉରି ଅନେକ ପିଲା ମିଲିବେ । ଭଲ ପିଲାଙ୍କୁ ଧରିଆଣି ଦିବ୍ୟାଙ୍ଗ କରିଦେବା ଆମ ପକ୍ଷେ ବଡ଼କଥା ନୁହେଁ ।"

ଭୋଜି ବେଲକୁ ବାହାଦୁର ଛୋଟେଇ ଛୋଟେଇ ଆସି ପହଞ୍ଚିଲା । ଢୋଲକି ପାଖରେ ଆସି କୁଁ କୁଁ ହେଇ ଶରଣ ପଶିଲା । ଢୋଲକି କିଛି ନ ଜାଣିବା ପରି କହିଲା– "ନିଲଠା କୁକୁରଟାକୁ ଲାଜ ନାହିଁ । ଏତେମାଡ଼ ଖାଇଲା । ଗୋଇଠା ଖାଇଲା । ମାଂସ ବାସନାରେ ପୁଣି ଆସି ହାଜର ହେଇଗଲାଣି । ପେଟୁ କୋଉଠିକାର ।"

ଜଣେ ଡକାୟତ ଥଟ୍ଟାକରି କହିଲା– "ହଉ, ଆସିଲାଣି ଯେତେବେଲେ ତାକୁ ବି ପେଟେ ମାଂସ ଭାତ ଦିଅ । ଆଜି ରାତିରେ ତା' ଗୋଡ଼ ଦୁଇଟାକୁ ନିଆଁରେ ସେକି ଦେଲେ ସିଧା ହେଇଯିବ ଯେ–

ପିଲାମାନେ ଜାଣି ନ ଥାନ୍ତି ଡକାୟତମାନେ ଆଜି ରାତିରେ ତାଙ୍କୁ ନିଆଁରେ ପୋଡ଼ି ମାରିବେ, ଆଉ ଡକାୟତ ଜାଣି ନ ଥାନ୍ତି ଆଜି ରାତିରେ ପୋଲିସ ତାଙ୍କ ଆଡ୍ଡା ଘେରାଉ କରିବ। ତେଣୁ ସମସ୍ତେ ନିଜ ନିଜ ଯୋଜନା କଥା ଭାବି ଖୁସି ହେଉଥାନ୍ତି। ଡକାୟତମାନେ ଆନନ୍ଦରେ କିଛି ବେଶୀ ମଦ ପିଇଦେଇ ମାତାଲ ହେଇ ଗଡ଼ୁଥାନ୍ତି। ଢୋଲକି ଡକାୟତମାନଙ୍କୁ ଭୁଲେଇ ରଖିବା ପାଇଁ ପାଦରେ ଘୁଙ୍ଗୁର ବାନ୍ଧି ନାଚୁଥାଏ। ବାହାଦୁର ବି ଢୋଲକି ସଙ୍ଗେ ତାଲପକେଇ ନାଚୁଥାଏ। ଡକାୟତମାନେ ଖୁସିରେ ତାଲିମାରି ହସୁଥାନ୍ତି। ଏତିକିବେଲେ ବାହାଦୁର କିଛି ଗୋଟାଏ ଗନ୍ଧ ବାରିପାରି ନାଚ ବନ୍ଦ କରି ଠିଆହେଲା।

ଝରିଆଡ଼େ ପେଟ୍ରୋଲ ଗନ୍ଧ। ଡକାୟତମାନେ ଝରିଆଡ଼େ ଏ ଭିତରେ ପେଟ୍ରୋଲ ଢାଲି ଦେଇଥାନ୍ତି। ଟିକିଏ ପରେ ଦିଆସିଲି କାଠିଟିଏ ଜଲାଇ ପକାଇ ଦେଇ ନିଜେ ଖସିଯିବେ ଦୂରକୁ। ପିଲାମାନେ ପୋଡ଼ି ହେଇ ମରିବେ ? ବାହାଦୁର ପେଟ୍ରୋଲ ଗନ୍ଧ ବାରି ଓଲଟୁ ଗୋଡ଼କୁ ପୁଲାଏ କାମୁଡ଼ି ଦେଲା। ଯାହାର ଅର୍ଥ କିଛି ଗୋଟାଏ ବିପଦ। ଓଲଟୁ ଓ ପାଲଟୁ ସାବଧାନ ହେଇଗଲେ। ସେମାନେ ବି ଗନ୍ଧ ବାରି ପାରିଲେ। ବାହାଦୁର ଏଥର ଖୁବ୍ ଜୋରରେ ଅଭିନୟ କରି ନାଚିବାକୁ ଲାଗିଲା। ଯାହାର ଅର୍ଥ 'ମୁଁ ଅଛି– ତମେ ସବୁ ପଲା'। ବାହାଦୁରକୁ ବିପଦ ଭିତରେ ଛାଡ଼ି ଯିବାପାଇଁ ଇଚ୍ଛା ନ ଥିଲେ ବି ପ୍ରଥମେ ଏତେଗୁଡ଼ିଏ ବିକଲାଙ୍ଗ ଶିଶୁଙ୍କ ଜୀବନ କଥା ବିଚାରକୁ ନେବାକୁ ହେବ। ହଠାତ୍ ଝରିଆଡୁ ନିଆଁ ଜଲି ଉଠିଲେ ସେମାନେ ତ ଦଉଡ଼ି ପଲାଇଯାଇ ପାରିବେ ନାହିଁ। ତେଣୁ ଅନେକ ଜୀବନ

ଆଗରେ ବାହାଦୁରର ଜୀବନକୁ ଉସର୍ଗ କରି ଢୋଲକି, ପାଲଟୁ ଓ ଓଲଟୁ ନାଚି ନାଚି ଦୂରକୁ ଯିବାକୁ ଲାଗିଲେ ଓ ଛୋଟୋ ବାଳକମାନେ ଦୃଷ୍ଟିହୀନ ପିଲାମାନଙ୍କ ହାତଧରି ଧୀରେ ଧୀରେ ଜଙ୍ଗଲ ବାଟଦେଇ ଡ଼େଲିଯିବାକୁ ଲାଗିଲେ । ବାହାଦୁରର ମଉଜିଆ ନାଚ ଆଉ ମଦନିଶା ଭିତରେ ଡକାୟତମାନେ କିଛି ଜାଣିପାରିଲେ ନାହିଁ ।

ଜଙ୍ଗଲର ଅଳ୍ପଦୂରରେ ବିଶାଳ ସମୁଦ୍ର । ତାରି କୂଳରେ ଦୁଇଖଣ୍ଡ ମୋଟର ଲଞ୍ଚ ବନ୍ଧା ହୋଇଥାଏ । ଓଲଟୁ, ପାଲଟୁ ଢୋଲକି ଗୋଟିଏ ଲଞ୍ଚରେ ଚଢ଼ିଗଲେ । ତାଙ୍କ ପଛେ ପଛେ ଅନ୍ୟସବୁ ପିଲା । କାରଣ ସେତେବେଳକୁ ପୋଲିସ ଜିପ୍‌ର ଶବ୍ଦ ସଙ୍ଗେ ସଙ୍ଗେ ଡକାୟତମାନଙ୍କର ତାଙ୍କରି ଆଡ଼କୁ ଦଉଡ଼ି ଆସୁଥିବାର ଶବ୍ଦ ଶୁଭିଲା । ଦୂରରୁ ନିଆଁର ଲେଲିହାନ ଶିଖା ମଧ୍ୟ ଦିଶୁଥାଏ । ମାତାଲ ଡକାୟତମାନେ ନିଆଁରେ ପୋଡ଼ି ହୋଇ ମଲେ ।

ସର୍ଦାର ଓ ଆଉଜଣେ ଡକାୟତ ପିଲାମାନଙ୍କ ପଛେ ପଛେ ଆସି ଅନ୍ୟ ଲଞ୍ଚରେ ଚଢ଼ିଗଲେ । ସେତେବେଳକୁ ପିଲାମାନଙ୍କ ଲଞ୍ଚଟି ସମୁଦ୍ର ଭିତରେ ଡ଼େଲିବାକୁ ଆରମ୍ଭ କରିଥାଏ ।

ବିପଦ ଉପରେ ବିପଦ

କେତେଜଣ ପିଲା ଲଞ୍ଚ ଚଲାଇବୋ ଜାଣିଥିଲେ । ଡକାୟତମାନେ ସେମାନଙ୍କୁ ସବୁ କାମରେ ଲଗାଉଥିବାରୁ ଏତିକି ସୁବିଧା ହେଲା । ପିଲାମାନଙ୍କ ଲଞ୍ଚ ଝୁଲିଥାଏ । ପଛେ ପଛେ ଡକାୟତଙ୍କ ଲଞ୍ଚ । ସମୁଦ୍ର ଲହଡ଼ିରେ ଉଠିପଡ଼ି ଲଞ୍ଚ ଝୁଲିଥାଏ । ମନେ ହେଉଥାଏ ପ୍ରତି ମୁହୂର୍ତ୍ତରେ ଲଞ୍ଚ ଓଲଟି ପଡ଼ିବ । ମଦ ନିଶାରେ ଟଳି ଟଳି ଡକାୟତ ଲଞ୍ଚ ଚଲାଉଥାଏ । ଯେତେ ଚେଷ୍ଟା କଲେ ବି ପିଲାଙ୍କ ଲଞ୍ଚ ପାଖକୁ ଯାଇପାରୁ

ନ ଥାଏ । ଡକାୟତ ସର୍ଦାର ଏଥର ବନ୍ଧୁକ ବାହାର କରି ପିଲାଙ୍କ ଲଞ୍ଚ ଆଡ଼କୁ ଗୁଲି କରିବାକୁ ପ୍ରସ୍ତୁତ ହେଲା । ଭାବିଲା ଲଞ୍ଚ ଚଲାଉଥିବା ପିଲାଟାକୁ ଗୁଲି କରି ଦେଲେ ବଲେ ଲଞ୍ଚଟି ସମୁଦ୍ର ଭିତରେ ବୁଡ଼ିଯିବ । ଡକାୟତ ଗୁଲି କରିବାକୁ ବନ୍ଧୁକ ବାହାର କରିବା କଥା ପିଲାମାନେ ଆର ଲଞ୍ଚରୁ ସବୁ ଦେଖିପାରୁଥିଲେ । ଭଗବାନଙ୍କୁ ଏକଧ୍ୟାନରେ ଡାକୁଥିଲେ । ଠିକ୍ ଏତିକିବେଲେ ଡକାୟତଟା ଆର୍ତ୍ତଚିତ୍କାର କରି ତଲେ ପଡ଼ିଗଲା । ପିଲାମାନେ ଦେଖିଲେ କାଳିଆ ଜନ୍ତୁଟିଏ ଡକାୟତର ହାତକୁ କାମୁଡ଼ି ଧରିଛି ।

ଲଞ୍ଚ ଚଲାଉଥିବା ଡକାୟତଟି ହଠାତ୍ ଏଭଲି ଘଟଣାରେ ଅନ୍ୟମନସ୍କ ହେଇଗଲା ଓ ଲଞ୍ଚଟି ଯାଇ ଗୋଟିଏ ପାହାଡ଼ ଦେହରେ ଧକ୍କା ଖାଇ ଖଣ୍ଡ ଖଣ୍ଡ ହେଇଗଲା । ଡକାୟତ ଦୁଇଟା ନିଜର ପାପକର୍ମ ପାଇଁ ସମୁଦ୍ରରେ ଜିଅନ୍ତା ସଲିଲ ସମାଧ୍ ପାଇଲେ । ଅନ୍ୟ ଡକାୟତମାନେ ତ ନିଆଁରେ ପୋଡ଼ି ମରିଗଲେ । ବାକି କିଛ ପୋଲିସ ହାତରେ ବି ଧରାପଡ଼ିଥିବେ । ପିଲାମାନେ ଏଥର ନିଶ୍ଚିନ୍ତ । କିନ୍ତୁ ପିଲାମାନେ ଖୁସି ହେଲେ ନାହିଁ । ହାତଯୋଡ଼ି ବସି ଡକାୟତମାନଙ୍କ ଆମ୍ଭାର ସଦ୍‌ଗତି କାମନା କଲେ । ଡକାୟତ ହେଲେ ବି ସେମାନେ ତ ମଣିଷ । ଗୋଟିଏ ମଣିଷର ମୃତ୍ୟୁରେ ଅନ୍ୟ ମଣିଷ ଖୁସି ହେବ କିପରି ?

ହଠାତ୍ ମନେପଡ଼ିଲା ବାହାଦୁରର କଥା । ବିଚରା ନିଆଁରେ ପୋଡ଼ି ହେଇ ମରିଥିବ । ମଣିଷ ଶିଶୁ ପାଇଁ ପଶୁଟିଏ ନିଜର ଜୀବନ ଦେଇଦେଲା । ସମସ୍ତେ ବାହାଦୁରକୁ ଝୁରିହେଲେ । ଢୋଲକିର ଆଖିରୁ ତ ଲୁହ ଝରିଲା । ଠିକ୍ ଏତିକିବେଲେ ଡକାୟତମାନଙ୍କର ଭଙ୍ଗାଲଞ୍ଚର ଖଣ୍ଡେ କାଠ ଭାସି ଭାସି ଆସୁଥିବାର ଦିଶିଲା । ତା ଉପରେ ସେଇ

କଳାଜନ୍ତୁଟି ବସିଛି । ଆହା, ସେଇ ଜନ୍ତୁଟି ସିନା ତାଙ୍କର ଜୀବନ ରକ୍ଷା କରିଛି । ସେମାନେ ନିଶ୍ଚୟ ସେଇ ଜନ୍ତୁଟିକୁ ଉଦ୍ଧାର କରିବେ । ଲଞ୍ଚରୁ ଦଉଡ଼ି ବାହାର କରି ସେମାନେ ସେଇ କାଠଖଣ୍ଡକ ଉପରକୁ ପକାଇଦେଲେ । ଜନ୍ତୁଟି ଦଉଡ଼ିକୁ ଦାନ୍ତରେ କାମୁଡ଼ି ଧରିଲା । ପିଲାମାନେ ଦଉଡ଼ିଟିକୁ ଆସ୍ତେ ଆସ୍ତେ ଉପରକୁ ଟେକି ଆଣିଲେ ।

ଆରେ– ଏ ତ ତାଙ୍କର ପ୍ରିୟ ସାଥୀ ବାହାଦୁର !

ନିଆଁରେ ପୋଡ଼ିହେଇ ବାହାଦୁରର ଛାପି ଛାପିକା ରୁମଗୁଡ଼ିକ କଳାଖୁଣ୍ଟା ଭଲି ଠିଆ ହୋଇଥାଏ । ତା'ର ଚେହେରା ବିକୃତ ହେଇ ଯାଇଥାଏ । ଡକାୟତ ଆଡ଼ାରୁ ଦରପୋଡ଼ା ହେଇ ସେ କୌଣସିମତେ ଡକାୟତ ଦୁଇଟାଙ୍କର ପିଛା କରି ତାଙ୍କ ଅଜାଣତରେ ଲଞ୍ଚରେ ଆସି ବସିଥିଲା ଓ ପିଲାମାନଙ୍କର ଜୀବନ ରକ୍ଷା କରିପାରିଲା । ପୋଡ଼ିଯାଉ ପଛେକେ, ସେ ବଞ୍ଚିଛି । ସେଟିକି ଆନନ୍ଦର ବିଷୟ ।

ସମସ୍ତେ ବାହାଦୁରର ସେବାରେ ଲାଗିପଡ଼ିଲେ । ଡକାୟତଙ୍କ ଲଞ୍ଚରେ କିଛି ନା କିଛି ଖାଦ୍ୟପଦାର୍ଥ ସବୁବେଲେ ମହଜୁଦ୍ ଥାଏ । ପିଇବା ପାଣି ଓ ସାଧାରଣ ଔଷଧପତ୍ର ମଧ ଥାଏ । ମଦ ବୋତଲ ମଧ ରହିଥାଏ । ହଠାତ୍ ଦରକାର ପଡ଼ିଲେ ଦୂରକୁ ଜଲଯାତ୍ରା କରି ଚଲିଯିବା ପାଇଁ ସେମାନେ ଲଞ୍ଚଟିକୁ ପ୍ରସ୍ତୁତ କରି ରଖିଥାଆନ୍ତି । ପିଲାମାନେ ବାହାଦୁରକୁ କଞ୍ଚା ଅଣ୍ଡା ଭାଙ୍ଗି ଦୁଇଟା ଗିଲାଇ ଦେଲେ । ବ୍ରାଣ୍ଡି କିଛି ଢାଲି ତାକୁ ପିଆଇ ଦେଲେ । କାରଣ ବାହାଦୁର ସମୁଦ୍ର ପାଣିରେ ପଡ଼ି ପଡ଼ି ଥରୁଥାଏ । ତା ଦେହକୁ ଗରମ କରିବା ପାଇଁ ପିଲାମାନେ ନିଜ ବୁଦ୍ଧି ପ୍ରୟୋଗ କରି ଏ ସବୁ କଲେ ସିନା ବ୍ରାଣ୍ଡିର ଭାଗ ଟିକେ ବେଶୀ ହେଇଗଲା । ପିଲାମାନେ ବିଚରା କରିବେ କ'ଣ ?

ବାହାଦୁର ତ ନିଶାରେ ଟଳି ଟଳି ଆଖି ଢୋଲାକୁ ଲେଉଟାଇ ପକାଇ ନାଚିବାକୁ ଲାଗିଲା । ତା'ର ପୋଡ଼ିଯାଇଥିବା ଦେହରେ ଢୋଲ୍‌କି ଭଲକରି 'ବର୍ଣ୍ଣ୍ଡଲ' ବୋଲି ଦେଇଥାଏ । ତା ଦେହଟା ଠାଏ ଠାଏ ଧଳା, ଠାଏ ଠାଏ କଳା ଆଉ ହଳଦିଆ ଦିଶୁଥାଏ । ତା'ର ବିଚିତ୍ର ଚେହେରା ସାଙ୍ଗକୁ ବିଚିତ୍ର ନାଚ ଖୁବ୍ ମଜା ଲାଗୁଥାଏ । ପିଲାମାନେ ମଧ ଠୋ ଠୋ ହସି ନାଚିବାକୁ ଲାଗିଲେ । ଓଲଟୁ ଗମ୍ଭୀର କଣ୍ଠରେ କହିଲା—ଭାଇମାନେ, ଆମେ ସମସ୍ତେ ସମୁଦ୍ର ମଝିରେ ଭାସୁଥାଇ । ଆମେ କେଉଁଠି ପହଞ୍ଚିବା ଏବଂ ଆଉ କି କି ବିପଦର ସାମ୍ନାକରିବା ଆମକୁ ଜଣାନାହିଁ । ଏପରି ଅବସ୍ଥାରେ ଆମେ ଭବିଷ୍ୟତର ଚିନ୍ତା ନ କରି ମଜା କରିବା ଠିକ୍ କଥା ନୁହେଁ । ମଜା କରିବାର ସମୟ ଦିନେ ନିଶ୍ଚୟ ଆସିବ । କିନ୍ତୁ ବର୍ତ୍ତମାନ ନୁହେଁ ।

ପିଲାମାନେ କିଛି ଶୁଣୁ ନ ଥାନ୍ତି । ସେମାନେ ଏତେଦିନ ପରେ ଡକାୟତ କବଳରୁ ମୁକୁଳିଛନ୍ତି । ଉପରେ ନୀଳ ଆକାଶ । ତଳେ ନୀଳ ସମୁଦ୍ର । ଆଖିକୁ ତା ଛଡ଼ା ଆଉ କିଛି ଦିଶୁନାହିଁ । ସେମାନେ ମୁକ୍ତ । ମୁକ୍ତିର ଆନନ୍ଦ ଭିତରେ ଭବିଷ୍ୟତର ଚିନ୍ତା ଆସୁଛି କେଉଁଠୁ ?

ଢୋଲ୍‌କି ବାହାଦୁରକୁ କୋଳକୁ ଟାଣିଆଣି ଥାପୁଡ଼େଇ ଥାପୁଡ଼େଇ ଶୁଆଇ ପକାଇବାକୁ ଚେଷ୍ଟା କଲା । ସେ ମଧୁର ସ୍ୱରରେ ଗୀତଟିଏ ଗାଇବାକୁ ଲାଗିଲା । ସତେ କି ଛୋଟିଆ ଝିଅଟିଏ ନୁହେଁ, ଆଈବୁଢ଼ୀଟିଏ । ବାହାଦୁର ସତକୁ ସତ ଶୋଇପଡ଼ିଲା । ଢୋଲ୍‌କି ବଡ଼ମଣିଷଙ୍କ ଭଳି ଆକଟିବା ସ୍ୱରରେ କହିଲା— "ଏତେ ଔଷଧ ପତ୍ର ଥାଉ ଥାଉ ବାହାଦୁରକୁ 'ବ୍ରାଣ୍ଡି' ପିଆଇଲା କିଏ ? ଯାହା ମଣିଷକୁ ବାଇଆ କରେ ସେ ସବୁ ଜିନିଷ ଆମର ଛୁଇଁବା ମଧ ଉଚିତ ନୁହେଁ ।

ଏଇ ସବୁ ମାଦକଦ୍ରବ୍ୟର ପ୍ରଭାବରେ ଆମ ଦେଶର କେତେ ଧନଜୀବନ, ପରିବାର ନଷ୍ଟ ହେଉଛି। ମଣିଷ କେତେ ଅସାଧ୍ୟ ରୋଗର ଶିକାର ହେଉଛି। ଅକାଳରେ ମରୁଛି। ଆମ ଘର ପାଖରେ ସେମିତି ଜଣେ ଲୋକ ଅଳ୍ପଦିନ ତଳେ ମରିଗଲା। ତା'ର ପରିବାର ଏବେ ଭୋକ ଉପାସରେ ଶୋଉଛନ୍ତି।" ଢୋଲକି ନିଜ ହାତରେ ଗୋଟି ଗୋଟି କରି ମଦବୋତଲ ନେଇ ସମୁଦ୍ର ଗର୍ଭକୁ ଫିଙ୍ଗି ଦେଲା। ସମୁଦ୍ରର ଲହରୀ ସବୁ ପ୍ରବଳ ବେଗରେ ନାଚି ଉଠିଲେ। ସତେ କି ମଦ ପିଇ ସେମାନେ ମଧ୍ୟ ମାତାଲ ହେଇଗଲେ। ସବୁ ପିଲାମାନେ କାନ ଧରି ଢୋଲକି ଆଗରେ ବସ ଉଠ ହେଲେ ଓ ପ୍ରତିଜ୍ଞା କଲେ ଯେ ଭବିଷ୍ୟତରେ ବଡ଼ ହୋଇଯିବା ପରେ ମଧ୍ୟ ମାଦକଦ୍ରବ୍ୟ ଛୁଇଁବେ ନାହିଁ। ବରଂ ମାଦକଦ୍ରବ୍ୟ ସେବନ କରି ଧ୍ୱଂସ ଆଡ଼କୁ ଯାଉଥିବା ଲୋକକୁ ବୁଝାଇ ଶୁଧାଇ ବାଟକୁ ଆଣିବେ।

ଭୟଙ୍କର ବିପଦ

ହଠାତ୍ ପାଲ୍‌ଟୁ ଚିତ୍କାର କରି ଉଠିଲା– ସର୍ବନାଶ ! ଆମେ ଏବେ କ'ଣ କରିବା ! ସମସ୍ତେ ପାଲ୍‌ଟୁ ଆଡ଼କୁ ଚାହିଁଲେ । କେହି କିଛି ବୁଝିପାରୁ ନ ଥାନ୍ତି । ପାଲ୍‌ଟୁର ଆଖି ଦି'ଟା ଭୟରେ ବଡ଼ ବଡ଼ ହୋଇ ଯାଇଥାଏ । ସେ ଏକାଲୟରେ ଲଞ୍ଚର ଗୋଟିଏ କୋଣକୁ ଚାହିଁ ରହିଥାଏ । ସେଇ କୋଣରେ ଛୋଟ ଛିଦ୍ରଟିଏ ହୋଇ ସମୁଦ୍ରପାଣି ଲଞ୍ଚ ଭିତରେ ପଶୁଥାଏ । ଡକାୟତର ଗୁଳି ସେଇ ସ୍ଥାନରେ ବାଜି ଲଞ୍ଚଟିର ଏ ଅବସ୍ଥା ହୋଇଛି । ବର୍ତ୍ତମାନ କ'ଣ କରାଯିବ ? ସମୁଦ୍ର ମଝିରେ ତ ଲଞ୍ଚଟି ବୁଡ଼ିଯିବ । ଡକାୟତର ମରଣ ଯନ୍ତାରୁ ଖସି ସମୁଦ୍ର ଗର୍ଭରେ ସମସ୍ତଙ୍କର ପ୍ରାଣ ଯିବ । ବିପଦରେ ସମସ୍ତେ ଅଧୀର ହେଇପଡ଼ିଲେ । ମାତ୍ର ଓଲ୍‌ଟୁ ସମସ୍ତଙ୍କୁ ସାନ୍ତ୍ୱନା ଦେଇ କହିଲା– "ବିପଦରେ କାତର ହୁଅନାହିଁ । ସେଥିରେ ବିପଦ ବଢ଼ିବ ସିନା କମିବ ନାହିଁ । ଆମେ କିଛି ଗୋଟାଏ ଉପାୟ ଚିନ୍ତା କରିବା । ମରିବା ଯଦି ମରିବା, କିନ୍ତୁ ବଞ୍ଚିବା ପାଇଁ ଶେଷ ଚେଷ୍ଟା ନ କରିବା କାହିଁକି ?"

ସମସ୍ତେ ଓଲ୍‌ଟୁ କଥାରେ ଟିକିଏ ଧୈର୍ଯ୍ୟ ଧରିଲେ । ଓଲ୍‌ଟୁ ଲଞ୍ଚ ଭିତରେ ଯାହା ଜିନିଷପତ୍ର ଥିଲା ସବୁ ଖୋଜି ପକାଇଲା । ବିପଦ

ପାଇଁ ଡକାୟତମାନେ ନିଶ୍ଚୟ କିଛି ଯନ୍ତ୍ରପାତି ରଖିଥିବେ । ପାଲ୍‌ଟୁ ମଧ୍ୟ ଭାଇକୁ ସାହାଯ୍ୟ କଲା । ଏଣେ ବେଳକୁ ବେଳ ବେଶୀ ବେଶୀ ପାଣି ପଶୁଥାଏ ଲଞ୍ଚ ଭିତରେ । ପିଲାମାନେ ଭୟରେ କାତର ହୋଇପଡ଼ିଥାନ୍ତି ।

ହଠାତ୍‌ ପାଲ୍‌ଟୁ ଚିକ୍‌ଚାର କଲା– "ମିଲିଗଲା, ମିଲିଗଲା ।" ସମସ୍ତେ ତାକୁ ଚାହିଁଲେ । ତା ହାତରେ ହାତୁଡ଼ିଟିଏ । ଓଲ୍‌ଟୁ କିଛି ଲୁହାକଣ୍ଟା ଓ ଖଣ୍ଡେ ଲୁହାପାତ ମଧ୍ୟ ପାଇ ଯାଇଥାଏ । ଦୁଇ ଭାଇ ମିଶି ବଡ଼ କାରିଗର ଭଳି ଲଞ୍ଚର ଛିଦ୍ର ସ୍ଥାନରେ ଲୁହାପାତକୁ କଣ୍ଟା ବାଡ଼େଇ ତାଲି ଖଣ୍ଡେ ପକାଇଦେଲେ । କଣା ବାଲ୍‌ଟି ଆଉ ଡେକ୍‌ଚିରେ ଏମିତି ତାଲି ପକାନ୍ତି ଲୋକମାନେ । ସେମାନେ କେତେଥର ଦେଖିଛନ୍ତି । ସେଇ ବୁଦ୍ଧିକୁ ସେମାନେ ଏଠାରେ କାମରେ ଲଗାଇଦେଲେ । ମହମବତିରେ ନିଆଁ ଲଗାଇ ତରଳାଇ ଦେଇ ସେଇ ତାଲି ପଡ଼ିଥିବା ସ୍ଥାନର ଚାରିପଟେ ଅଠା ଭଳି ଦେଇଦେଲେ । ଫଳରେ ଆଉ ପାଣି ପଶିପାରିଲା ନାହିଁ ।

ଏଥର ଲଞ୍ଚଟି ଠିକ୍‌ ହୋଇଗଲା । ପିଲାମାନେ ଓଲ୍‌ଟୁ ଓ ପାଲ୍‌ଟୁକୁ ଧନ୍ୟବାଦ ଜଣାଇଲେ । ପାଲ୍‌ଟୁ ଓ ଓଲ୍‌ଟୁ ନମ୍ର କଣ୍ଠରେ କହିଲେ, "ଆମକୁ ନୁହେଁ ସେଇ ଈଶ୍ୱରଙ୍କୁ ଧନ୍ୟବାଦ ଜଣାଅ, ସେ ହିଁ ବିପଦରେ ମଣିଷର ସହାୟ ହୋଇ ତାକୁ ବାଟ ବତାଇ ଦିଅନ୍ତି ।"

ନୂଆ ରାଇଜରେ ତିନି ଓସ୍ତାଦ

ବିପଦ କଟିଯିବା ପରେ ସମସ୍ତେ ଚିନ୍ତା କରିବାକୁ ଲାଗିଲେ ଏଥର କରିବେ କ'ଣ ? ସବୁଦିନେ ତ ଏମିତି ସମୁଦ୍ର ମଝିରେ ଭାସିବେ ନାହିଁ। ଧୀରେ ଧୀରେ ଖାଦ୍ୟ ଶେଷ ହେଇ ଆସୁଛି। ପିଇବା ପାଣି ମଧ ଶେଷ ହେବା ଉପରେ। ସମସ୍ତେ ଖୁବ୍ କମ୍ ଖାଉଛନ୍ତି ଓ ଖୁବ୍ କମ୍ ପିଉଛନ୍ତି। ବାଣ୍ଡି କୁଣ୍ଡି ନ ଖାଇଲେ ଶେଷରେ ଭୋକ-ଶୋଷରେ ପ୍ରାଣ ଯିବ। ଏମିତି ଚିନ୍ତା ଭିତରେ ହଠାତ୍ ଢୋଲ୍କି ଆନନ୍ଦରେ ଚିକ୍ରାର କରି ନାଚିବାକୁ ଲାଗିଲା। ସମସ୍ତେ ତାକୁ ରୁହିଁ ଆନନ୍ଦର କାରଣ ପଚାରିଲେ। ଢୋଲ୍କି ହାତ ବଢ଼ାଇ ଗୋଟିଏ ଦିଗକୁ ଦେଖାଇଲା। ସମସ୍ତେ ସେଇ ଆଡ଼କୁ ରୁହିଁବାମାତ୍ର ଆନନ୍ଦରେ ସମସ୍ତଙ୍କର ମନ ନାଚିଉଠିଲା। ସେମାନେ ଦେଖିଲେ ଦୂର ଦିଗବଳୟର ଧାରେ ଧାରେ ଧାଡ଼ି ଧାଡ଼ି ନଡ଼ିଆ ଗଛ, ପାହାଡ଼-ପର୍ବତର ଛବି। ସତେବା ନଡ଼ିଆ ଗଛର ବାହୁଙ୍ଗା ସବୁ ପବନରେ ହାତ ହଲାଇ ପିଲାମାନଙ୍କୁ ସ୍ୱାଗତ ଜଣାଉଥିଲେ। ସେମାନେ ଭାବିଲେ ନିଶ୍ଚୟ ସେମାନେ ଖୁବ୍ ଶୀଘ୍ର ସ୍ଥଳଭାଗରେ ପହଞ୍ଚିବେ। ସେଠାରେ ନିଶ୍ଚୟ ମଣିଷ ଥିବେ। ସଭ୍ୟତା ଥିବ। ତା' ପରେ ସେମାନେ ଘରକୁ ଫେରିବାର ଉପାୟ ଚିନ୍ତା କରିବେ। ଲଞ୍ଚଟି ସମୁଦ୍ର ଲହଡ଼ିରେ ପଡ଼ି

ଉଠି, ଦୋହଲି ଦୋହାଲି ସେଇ ସୁନ୍ଦର ଛବି ଭଳି ଦିଶୁଥିବା ସ୍ଥଳଭାଗ ଆଡ଼କୁ ଆଗେଇ ଯାଉଥାଏ। ଧୀରେ ଧୀରେ ପାହାଡ଼ ଆଉ ନଡ଼ିଆ ଗଛ ସବୁ ସ୍ପଷ୍ଟ ହେଇ ଉଠୁଥାଏ। ସତେବା ନଡ଼ିଆ ଗଛ ନୁହେଁ— ହାତ ଧରାଧରି ହେଇ ପ୍ରହରୀମାନେ ଧାଡ଼ିବାନ୍ଧି ଠିଆ ହେଇଛନ୍ତି ସ୍ଥଳଭାଗଟିକୁ ଅଜଣାଶତ୍ରୁର ଆକ୍ରମଣରୁ ରକ୍ଷାକରିବା ପାଇଁ।

ବାଙ୍କର ବାଙ୍କର ନଡ଼ିଆଗଛରେ କାନ୍ଦି କାନ୍ଦି ଫଳ ଲଦି ହୋଇଥାଏ। ସୁନାରଙ୍ଗର ହଲଦିଆ ନଡ଼ିଆ ସବୁ ଖୁବ୍ ଲୋଭନୀୟ ଦିଶୁଥାଏ। କିନ୍ତୁ କୌଣସି ଘରଦ୍ୱାର, କୋଠା ଦିଶୁ ନ ଥାଏ। ପିଲାମାନେ ଭାବିଲେ ବୋଧହୁଏ ଘରଦ୍ୱାର ସବୁ ଅନେକ ଦୂରରେ ଥିବ। ସେଇଥିପାଇଁ ଦିଶୁନାହିଁ। ଯାହାବି ହେଉ ଅଥଳ ସମୁଦ୍ରରୁ ଉଦ୍ଧାର ପାଇ ସେମାନେ ଯେ ଖୁବ୍ ଶୀଘ୍ର ସ୍ଥଳଭାଗରେ ପହଞ୍ଚିବେ, ଏ ଆଶା ତାଙ୍କର ଦୃଢ଼ ହେଲା।

ସ୍ଥଳଭାଗ ଯେତେ ପାଖ ହେଉଥାଏ ପିଲାମାନଙ୍କ ମନ ସେତେ ଉତ୍ଫୁଲ୍ଲ ହେଇଉଠୁଥାଏ। ହଠାତ୍ କେଜାଣି କେଉଁଠୁ ଝଡ଼ ବତାସ ମାଡ଼ିଆସିଲା। ଆକାଶର ନୀଲରଙ୍ଗ କଳାଘୁମର ହେଇଗଲା। ସମୁଦ୍ରର ନୀଲଜଳ ଆକାଶଠୁ ଅଧିକ କଳାଘୁମର ଦିଶିଲା। ଝଡ଼ବତାସରେ ଲଞ୍ଚଟି ଖୁବ୍ ଜୋରରେ ଦୋହଲିବାକୁ ଲାଗିଲା। ମନେ ହେଲା ଯେକୌଣସି ମୁହୂର୍ତ୍ତରେ ଲଞ୍ଚଟି ଓଲଟି ପଡ଼ିବ ଏବଂ ପିଲାମାନଙ୍କର ସଙ୍ଗେ ସମୁଦ୍ରଗର୍ଭରେ ଲୋପ ପାଇଯିବ। ବାହାଦୁର ତେବେ ମଧ ସୁସ୍ଥ ହେଇ ନ ଥାଏ। ଢୋଲକି ବାହାଦୁରକୁ କୁଣ୍ଢେଇ ଧରି ବସିଥାଏ। ସେ ଭାବୁଥିଲା, ସତେ କି ଲଞ୍ଚଟି ଓଲଟି ପଡ଼ିଲେ ସେ ଲହରୀ ମୁହଁରୁ ତା'ର ଅତିପ୍ରିୟ ବାହାଦୁରକୁ ଟାଣି ଆଣିବ।

ଝଡ଼ବତାସର ଦାଉ ସଙ୍ଗେ ଲଞ୍ଚଟି ଧୀରେ ଧୀରେ ସ୍ଥଳଭାଗ ଆଡ଼କୁ ଭାସିଯାଉଥାଏ । ଆଉ ଅଳ୍ପବାଟ । ଲଞ୍ଚଟି ଝଡ଼ ବତାସକୁ ସମ୍ଭାଳିଦେଲେ ବିପଦ କଟିଯିବ । ପିଲାମାନେ ଅଶନିଃଶ୍ୱାସୀ ହେଇ ସ୍ଥଳଭାଗ ଆଡ଼କୁ ରୁହିଁ ରହିଥାନ୍ତି । ମାଆ ଭଳି ସ୍ଥଳଭାଗର ନଡ଼ିଆବାହୁଙ୍ଗା ହାତ ବଢ଼ାଇ ଡାକୁଥାଏ ପିଲାମାନଙ୍କୁ କୋଳେଇ ନେବାପାଇଁ ।

ଆଉ ଅଳ୍ପବାଟ । କିନ୍ତୁ ଲଞ୍ଚଟା ପ୍ରବଳ ବେଗରେ ଟାଣିହେଇ ଯାଉଛି ଗୋଟାଏ ମୁଣ୍ଡିଆ ପାହାଡ଼ ଆଡ଼କୁ । ଆଉ କ୍ଷଣକରେ ଲଞ୍ଚଟା ପାହାଡ଼ ଦେହରେ ପିଟି ହୋଇ ଖଣ୍ଡ ଖଣ୍ଡ ହେଇଯିବ । ଲଞ୍ଚର ପ୍ରବଳ ଗତିକୁ କୌଣସିମତେ ସମ୍ଭାଳି ହେଉନି । କେଉଁ ଅଜଣା ଦାନବ ଯେପରି ଲଞ୍ଚଟିକୁ ଟାଣିନେଉଛି ନିଜର ଶକ୍ତି ବଳରେ ।

ପିଲାମାନେ ପ୍ରାର୍ଥନା କରୁଥିଲେ "ହେ ଭଗବାନ୍‌, ହେ ଭଗବାନ୍‌ ! ! ଆଉ ଟିକିଏ, ଆଉ ଟିକିଏ ଲଞ୍ଚଟି ବଙ୍କେଇ ଗଲେ ସ୍ଥଳଭାଗରେ ଆମ ଲଞ୍ଚଟି ଲାଗିଯିବ । ଏତେଗୁଡ଼ିଏ ନିରୀହ ଜୀବନ ବଞ୍ଚିଯିବ ।"

କିନ୍ତୁ ଏ କ'ଣ ହେଲା ! ଲଞ୍ଚଟି ନିମିଷକରେ ଯାଇ ସେଇ ମୁଣ୍ଡିଆ ପାହାଡ଼ ଦେହରେ ପିଟିହୋଇ ଖଣ୍ଡ ଖଣ୍ଡ ହେଇଗଲା । ଓଲଟୁ, ପାଲଟୁ, ଢୋଲକି, ବାହାଦୁର ଆଉ ଅନ୍ୟ ପିଲାମାନେ କିଏ କୁଆଡ଼େ ଗଲେ ତା'ର ଖବର କେହି ରଖିପାରିଲେନି । ସମସ୍ତେ ଭୟରେ ଆଖି ବୁଜିଦେଲେ । ଝରିଆଡ଼େ ଖାଲି ଅନ୍ଧାର – ଆଉ ଅନ୍ଧାର ।

ଅଜଣା ଦ୍ୱୀପରେ ଅଜବ କାଣ୍ଡ

ପ୍ରଥମେ ଓଲଟୁ ଆଖି ଖୋଲିଲା । ତାକୁ ପାଲଟୁ ଜାବୁଡ଼ି ଧରିଛି । ତା'ର ଚେତା ନାହିଁ । ଦୁହେଁ କୂଳରେ ଲାଗିଛନ୍ତି । ଜୀବନଟା ବଞ୍ଚିଯାଇଛି । ଓଲଟୁ ପାଲଟୁକୁ ଶୁଖିଲା ଜାଗାକୁ ଟେକିନେଲା । ପାଖରେ ଆଉ କେହି ନାହିଁ, କିଛି ଔଷଧପତ୍ର ବି ନାହିଁ ତା'ର ଚେତା ଫେରାଇବା ପାଇଁ । ଓଲଟୁ ଜୋରରେ ପାଲଟୁର ପାଦ ତଳିପା ଓ ହାତ ପାପୁଲିକୁ ଘଷିବାକୁ ଲାଗିଲା । ଘଷି ଘଷି ତାକୁ ଗରମ କରିଦେଲା । ପାଲଟୁର ଚେତା ଫେରିଆସିଲା । ଆଖି ଖୋଲିବା ମାତ୍ରେ ସେ ପଚାରିଲା —
"ଢୋଲକି ଆଉ ବାହାଦୁର କାହାନ୍ତି ?" ଓଲଟୁ ଦୁଃଖଭରା ସ୍ୱରରେ କହିଲା — "କେବଳ ସେଇ ଦୁଇଜଣ ନୁହନ୍ତି, ଆମ ଦଳର ଆଉ

କେହିହେଲେ ବୋଧହୁଏ ଜୀବିତ ନାହାନ୍ତି । ସମସ୍ତେ ସମୁଦ୍ର ଜଳରେ ହଜିଯାଇଛନ୍ତି । ଭାଗ୍ୟକୁ ଆମେ କେମିତି କୂଳରେ ଲାଗିଗଲୁ । ତେବେ ରାତି ପାହିଲେ ଦେଖିବା ଆଉ କେହି ହୁଏତ ଆମରି ଭଳି ବଞ୍ଚି ଯାଇପାରିଥାନ୍ତି । ଆମକୁ ଧୈର୍ଯ୍ୟ ଧରିବାକୁ ହେବ ।

ପାଲ୍‌ଟୁ ଆଖିରୁ ଝରଝର ଲୁହ ଝରୁଥାଏ ଭଉଣୀ ପାଇଁ, ଅନ୍ୟମାନଙ୍କ ପାଇଁ । କିନ୍ତୁ ଭାଇ କଥାରେ ସେ ଲୁହ ପୋଛି ଧୈର୍ଯ୍ୟ ଧରିଲା ।

କିଟିକିଟି ଅନ୍ଧାର ରାତି । ମୁହଁକୁ ମୁହଁ ଦିଶୁନଥାଏ । କୋଉଠି ଘରଦ୍ୱାର ବା ମଣିଷର ଚିହ୍ନବର୍ଣ୍ଣ ନାହିଁ । ଦୁଇଭାଇ ରାତିସାରା ଗୋଟିଏ ପାହାଡ଼ର ଖୋଲରେ ଜାକି ଜୁକି ହୋଇ ବସି ରହିଲେ । ସକାଳ ହେଲା । ସେମାନେ ଦେଖିଲେ ଗୋଟିଏ ସୁନ୍ଦର ଦ୍ୱୀପରେ ସେମାନେ ପହଞ୍ଚିଛନ୍ତି । ଝରିଆଡ଼େ ଫଳ ଫୁଲରେ ଗଛସବୁ ଭାଙ୍ଗି ପଡ଼ୁଛି । ନାନା ପ୍ରକାର ପକ୍ଷୀଙ୍କର ଗୀତରେ ଦ୍ୱୀପଟି ଉଚ୍ଛୁଲି ଉଠୁଛି । କିନ୍ତୁ ମଣିଷ ବା ଘରଦ୍ୱାରର ଚିହ୍ନବର୍ଣ୍ଣ ନାହିଁ । ତେବେ ସେମାନେ ନିଶ୍ଚୟ ଏ‍ଇ ସୁନ୍ଦର ଦ୍ୱୀପର ମାଲିକ । ତାଙ୍କଠାରୁ ଏ‍ଇ ଦ୍ୱୀପ, ତା’ର ଗଛ ଲତା, ଫଳ ଫୁଲ, ଝରଣା ନଇକୁ ଛଡ଼ାଇ ନେବାକୁ କେହି ନାହିଁ । କିନ୍ତୁ ଏ ଭାବନାରେ ସେମାନେ ଆଦୌ ଖୁସି ହେଇପାରିଲେ ନାହିଁ । ଯେଉଁଠି ଭାଇ, ବନ୍ଧୁ, ସାଥୀ ଏବଂ ସମାଜ ନାହିଁ ସେଠି ଧନ ସମ୍ପତ୍ତିକୁ ନେଇ ମଣିଷ କ’ଣ ଖୁସି ହେଇପାରେ ? ସେମାନେ ପ୍ରଥମେ କିଛି ପାଚିଲା କଦଳୀ ଖାଇଲେ । କାରଣ ଅନ୍ୟଫଳ ସବୁ ଅଚିହ୍ନା ହୋଇଥିବାରୁ ତାକୁ ସେମାନେ ଖାଇଲେ ନାହିଁ । ତା’ ପରେ ସେମାନେ ନିଜର ସାଙ୍ଗସାଥୀଙ୍କୁ ଖୋଜି ବାହାରିଲେ । ସମୁଦ୍ର କୂଲେ କୂଲେ ଯାଇ ସେମାନେ ଦେଖିଲେ ଲଙ୍କର ଖଣ୍ଡେ ବଡ଼ ଅଂଶ ମୁଣ୍ଡିଆ ପାହାଡ଼

ଦେହରେ ଲାଖି ଅଟକି ଯାଇଛି । ସମୁଦ୍ରର ବଡ଼ ବଡ଼ ଲହରୀ ଲଞ୍ଚକୁ ଭସାଇ ନେଇପାରୁ ନାହିଁ । ଓଲଟୁ ବୁଝିପାରିଲା ଯେ ମୁଣ୍ଡିଆ ପାହାଡ଼ଟି ଗୋଟିଏ ଚୁମ୍ବକ ପଥରର ପାହାଡ଼ । ଚୁମ୍ବକର ଆକର୍ଷଣରେ ଟାଣିହେଇ ଏମିତି କେତେ ଜାହାଜ ସେଠାରେ ଧକ୍କା ଖାଉଥିବ । କାରଣ ସେମାନେ ଦେଖିପାରିଲେ ଆଉ ଏକ ପୁରୁଣା ଜାହାଜ ମଧ୍ୟ ଆଗରୁ ସେଠାରେ ଧକ୍କା ଖାଇ ଭାଙ୍ଗିରୁଜି ପଡ଼ିଛି । ଜାହାଜରେ କୌଣସି ଲୋକ ନଥିଲେ । ଜାହାଜଟି ଲୁଣିପାଣି ଖାଇ ଦଦରା ହେଇଗଲାଣି ।

ନିଜ ଲଞ୍ଚର ସେଇ ଭଙ୍ଗା ଅଂଶଟିରେ ସବୁତକ ସାଙ୍ଗ ସାଥୀ ଜାକିଜୁକି ହେଇ ମୁହଁ ତଳକୁ କରି ଭୟରେ ବସିଥିଲେ । ଓଲଟୁ ଓ ପାଲଟୁଙ୍କ ପାଟି ଶୁଣି ସେମାନେ ମନରୁ ଭୟ ଦୂରକରି କୂଳକୁ ଓହ୍ଲାଇ ଆସିଲେ । ଓଲଟୁ ଓ ପାଲଟୁ ଭାରି ଖୁସି ହେଇଗଲେ । ମାତ୍ର ଢୋଲକି ଓ ବାହାଦୁରଙ୍କର ଖବର ମିଳିଲା ନାହିଁ । ହୁଏତ ସେମାନେ ସମୁଦ୍ର ଭିତରେ ସମାଧ୍ୟ ପାଇଛନ୍ତି ।

ସମସ୍ତେ ଢୋଲକି ଓ ବାହାଦୁର ପାଇଁ ଦୁଃଖ ପ୍ରକାଶ କଲେ । ଓଲଟୁ ଏବଂ ପାଲଟୁ ଅଲିଅଲୀ ଭଉଣୀର ଏଭଳି ଦୁଃଖଦାୟକ ଘଟଣାରେ ଖୁବ୍ ଦୁଃଖ ଅନୁଭବ କରୁଥିଲେ ମଧ୍ୟ ଧୈର୍ଯ୍ୟଧରି ରହିଥାନ୍ତି । ତା' ଛଡ଼ା ଆଉ ଅନ୍ୟ ଉପାୟ କ'ଣ ଥିଲା ? ଢୋଲକି ବଞ୍ଚିଛି କି ନା ତାହା ମଧ୍ୟ ସନ୍ଦେହ ଭିତରେ ଥାଏ । ସେମାନେ ସମସ୍ତେ ଦଳବାନ୍ଧି ଆଗକୁ ଚାଲିଲେ । ପ୍ରଥମେ ଏଇ ଅଜଣା ଦ୍ୱୀପ ସମ୍ବନ୍ଧରେ ସବୁକିଛି ଜାଣିବାକୁ ହେବ । ତା'ପରେ ଅନ୍ୟ ଚିନ୍ତା ।

ମଣିଷ ଖିଆ ମଣିଷ

ସେମାନେ କିଛିବାଟ ଯିବା ପରେ ଦେଖିଲେ ଗୋଟିଏ ଜାଗାରେ କିଛି ଧଳା ଧଳା ଜିନିଷ ଗଦା ହୋଇଛି । ପାଖକୁ ଯାଇ ଭୟରେ ସମସ୍ତଙ୍କ ମୁହଁ କଳା ପଡ଼ିଗଲା । ସବୁଗୁଡ଼ିକ ମଣିଷ ହାଡ଼ । ଖପୁରି, କଙ୍କାଳ, ହାତ ଓ ଗୋଡ଼ର ହାଡ଼ ସବୁ କୁଢ଼ କୁଢ଼ ହେଇ ଗଦା ହେଇଛି । ଏଇ ନିର୍ଜନ ଦ୍ୱୀପକୁ ମଣିଷ ଆସିଲେ କେଉଁଠୁ ? ଯଦିବା ଆସିଲେ ଏ ହାଡ଼ଗୁଡ଼ିକ ଏମିତି ସୁନ୍ଦର କରି କୁଢ଼ କୁଢ଼ କରି ଗଦାଇ ରଖିଛି କିଏ ? ବଣର ପଶୁ ଯଦି ମଣିଷର ମାଂସ ଖାଇ ହାଡ଼ ପକାଇଥାଏ ତେବେ ଏମିତି ଶୃଙ୍ଖଳାରେ ତ ହାଡ଼ଗୁଡ଼ିକ ସେ ଗଦା କରିବ ନାହିଁ ।

ତେବେ କ'ଣ... ? ଓଲ୍‌ଟୁ ଓ ପାଲ୍‌ଟୁ ଭୟରେ କଲାକାଠ ପଡ଼ିଗଲେ । ସେମାନେ ଶୁଣିଥିଲେ ମଣିଷ ମାଂସ ଖାଉଥିବା ମଣିଷ ମଧ୍ୟ ଅଛନ୍ତି ଏଇ ପୃଥିବୀରେ । ସେମାନେ ହୁଏତ ସେମିତି ଏକ ଦ୍ୱୀପରେ ପହଞ୍ଚିଛନ୍ତି ଯେଉଁଠି ମଣିଷମାନେ ଶିକ୍ଷା, ସଭ୍ୟତାର ଆଲୋକ ଦେଖିନାହାନ୍ତି । ସେଇମାନେ ହୁଏତ ଦୁର୍ଘଟଣାଗ୍ରସ୍ତ ଜାହାଜମାନଙ୍କର ଯାତ୍ରୀମାନଙ୍କୁ ମାରି ସେମାନଙ୍କର ମାଂସ ଖାଇ ହାଡ଼ଗୁଡ଼ିକ ଏପରି ଭାବରେ ଗଦା କରିଛନ୍ତି । ତେବେ କ'ଣ ତାଙ୍କର ଅଲିଅଲୀ ଭଉଣୀ ଢୋଲକି ସେଇମାନଙ୍କର ଶିକାର ହେଇଛି ? ଓଲ୍‌ଟୁ ଓ ପାଲ୍‌ଟୁଙ୍କର ଆଖିରୁ ଧାର ଧାର ଲୁହ ବହିଗଲା ।

ଠିକ୍ ଏତିକିବେଳେ ଜଣେ ଛୋଟପିଲା ଆନନ୍ଦରେ ଚିତ୍କାର କରି ଉଠି କହିଲା — "ଭାଇ ଦେଖ, ଦୂରରେ ଏକ ଲାଲ୍ ପତାକା ଉଡ଼ୁଛି । ସେଠାରେ ନିଶ୍ଚୟ ମନ୍ଦିର ଅଛି ଏବଂ ଏ ଦ୍ୱୀପର ମଣିଷମାନେ ଅସଭ୍ୟ ନୁହନ୍ତି । ସେମାନେ ଆମରି ଭଲି ନିଶ୍ଚୟ ସଭ୍ୟ ହେଇଥିବେ ।" ସମସ୍ତେ ମିଳିମିଶି ସେଇ ଦିଗକୁ ଚାଲିଲେ । ଯିବା ପୂର୍ବରୁ ନିଜର ଭଙ୍ଗା ଲଞ୍ଚ ଓ ପୂର୍ବର ଦୁର୍ଘଟଣାଗ୍ରସ୍ତ ଜାହାଜକୁ ଦଉଡ଼ି ସାହାଯ୍ୟରେ ବଡ଼ ବଡ଼ ମୁଣ୍ଡିଆ ପାହାଡ଼ରେ ବାନ୍ଧିଦେଲେ, ଯେପରି ତାହା ଦୂରକୁ ଭାସି ନ ଯାଏ । କାରଣ ସେଇ ଲଞ୍ଚ ଓ ଜାହାଜରେ ଅନେକ ଦରକାରୀ ଜିନିଷପତ୍ର ଥାଏ ।

ସେମାନେ ଧୀରେ ଧୀରେ ସେଇ ପତାକାର ନିକଟତମ ହେବାପରେ ପାଲ୍‌ଟୁ ଆନନ୍ଦରେ ପାଟିକଲା — ଭାଇ, ଭାଇ; ଆମ ଢୋଲକି ବଞ୍ଚିଛି — ଆମ ଢୋଲକି ବଞ୍ଚିଛି । କେହି କିଛି ବୁଝିପାରିଲେ ନାହିଁ । ପାଲ୍‌ଟୁ କହିଲା — ଏଇ ଯେଉଁ ଲାଲ୍ ପତାକା ଦେଖୁଛ ତାହା

ଆମ ଢୋଲକିର ଫ୍ରକ୍ ବ୍ୟତୀତ ଅନ୍ୟ କିଛି ନୁହେଁ । ଢୋଲକି ହୁଏତ ଫ୍ରକ୍‌ଟାକୁ ପତାକା ଭଳି ଉଡ଼ାଇ ଆମକୁ ତା'ର ଉପସ୍ଥିତି ଜଣାଇବା ପାଇଁ ସଙ୍କେତ ଦେଉଛି । ପାଲ୍‌ଟୁର କଥା ସମସ୍ତଙ୍କର ମନକୁ ପାଇଲା । ସମସ୍ତେ ଶୀଘ୍ର ଶୀଘ୍ର ଗୁଳିବାକୁ ଲାଗିଲେ । ଦିବ୍ୟାଙ୍ଗ ପିଲାମାନଙ୍କୁ ଏକ ସମତଳ ବଣ ଭୂଇଁ ଦେଖି ବିଶ୍ରାମ ନେବା ପାଇଁ ପାଲ୍‌ଟୁ ନିର୍ଦ୍ଦେଶ ଦେଲା । କାରଣ ପାହାଡ଼ିଆ ରାସ୍ତାରେ ଗୁଳିବା ତାଙ୍କ ପକ୍ଷେ ସମ୍ଭବ ନ ଥିଲା ।

ଓଲ୍‌ଟୁ, ପାଲ୍‌ଟୁ ଖୁବ୍ ଶୀଘ୍ର ପତାକା ଉଡ଼ୁଥିବା ସ୍ଥାନରେ ପହଞ୍ଚିଗଲେ । ଦେଖିଲେ ସତକୁ ସତ ଢୋଲକିର ଫ୍ରକ୍‌ଟି ଖଣ୍ଡେ ଲମ୍ବା ବାଡ଼ିରେ ବନ୍ଧା ହେଇଛି । ବାହାଦୁର ଆଗ ଦୁଇଗୋଡ଼ରେ ବାଡ଼ିଟିର ଅନ୍ୟ ମୁଣ୍ଡଟିକୁ ଧରି ଠିଆ ହୋଇଛି ମଣିଷ ପିଲାଙ୍କ ପରି । ସେମାନେ ବାହାଦୁର ପାଖରେ ପହଞ୍ଚିବା ମାତ୍ରେ ବାହାଦୁର ବାଡ଼ିଟିକୁ ପକାଇ ଦେଇ ଓଲ୍‌ଟୁ ଓ ପାଲ୍‌ଟୁଙ୍କର ଗୋଡ଼ରେ ଘଷି ହେଇ ନିଜର ଆନନ୍ଦ ପ୍ରକାଶ କଲା । ତା'ପରେ ଆଗେ ଆଗେ ବାଟ ବଟାଇ ଗୁଳିଲା । ସମୁଦ୍ର ପାଣିରେ ଲଙ୍ଗର ଖଣ୍ଡେ ଭଙ୍ଗାକାଠ ଉପରେ ଢୋଲକି ଶୀତରେ ଥରୁ ଥରୁ ହେଇ ପଡ଼ିଛି । ବାହାଦୁର ସିନା ଡିଆଁମାରି ସ୍ଥଳଭାଗକୁ ଆସି ପାରିଛି, ଢୋଲକି ଡିଆଁ ମାରି ଆସିବା ସମ୍ଭବ ହେଇ ନ ପାରିବାରୁ ଭାସି ଯାଉଥିବା ଖଣ୍ଡେ ବାଡ଼ିକୁ ଧରିପକାଇ ନିଜ ଫ୍ରକ୍ ସେଥିରେ ବାନ୍ଧି ବାହାଦୁର ପାଖକୁ ପକାଇ ଦେଇଥିଲା । ବାହାଦୁର ନିଜ ବୁଦ୍ଧିରେ ଢୋଲକିର ସଙ୍କେତ ବୁଝି କାମ କରିଛି ।

ଦୁଇ ଭାଇ ସେଇ ଲମ୍ବା ବାଡ଼ିଟିରେ ଗୋଟିଏ ଆଙ୍କୁଡ଼ା ଭଳି କରି ଢୋଲକି ବସିଥିବା କାଠଟିକୁ ଧୀରେ ଧୀରେ କୂଳକୁ ଭିଡ଼ି

ଆଣିଲେ ଓ କାଠଟି କୂଳରେ ଲାଗିବା ମାତ୍ରେ ଢୋଲକିର ହାତଧରି ଉପରକୁ ଉଠାଇ ଆଣିଲେ ।

ଭାଇ ଭଉଣୀ କୁଣ୍ଢିଆ କୁଣ୍ଢି ହେଇ ଅତି ଆନନ୍ଦରେ କାନ୍ଦି ପକାଇଲେ । ତା'ପରେ ସମସ୍ତେ ଆସି ପହଞ୍ଚିଲେ ଅନ୍ୟ ପିଲାମାନେ ବିଶ୍ରାମ ନେଉଥିବା ସମତଳ ଜାଗାରେ । ସେଠାରେ ଅନେକ ଫୁଲ ଫଳର ଗଛ । ଗଛରେ ନଡ଼ିଆ ଓ ପଇଡ଼ – କଦଳୀ ଗଛରେ କାନ୍ଦି କାନ୍ଦି ପାଚିଲା କଦଳୀ । ସମସ୍ତେ ଖୁବ୍ କଦଳୀ ଖାଇଲେ । ପଥରରେ ଛେଚି ପଇଡ଼ପାଣି ପିଇଲେ । ଦ୍ୱୀପଟିର ଚାରିଆଡ଼େ ଗଛଲତା । ସବୁଜପରୀ ଭଳି ଦିଶୁଥାଏ ଦ୍ୱୀପଟି । ନଦୀ ହ୍ରଦର ମୁକ୍ତାହାର ଚିକ୍ ଚିକ୍ ଦିଶୁଥାଏ ସବୁଜପରୀର ଗଳାରେ । ପିଲାମାନେ ସେ ଦ୍ୱୀପର ନା ଦେଲେ 'ସବୁଜ ଦ୍ୱୀପ' ।

ହସଫଳର କରାମତି

ତା'ପରେ ସମସ୍ତେ ସାରା ଦ୍ୱୀପଟାକୁ ଖେଦି ପକାଇଲେ। କେଉଁଠି ହେଲେ ଘରଦ୍ୱାର ବା ମଣିଷର ଚିହ୍ନ ନାହିଁ। କିନ୍ତୁ ଗାଈ, ଛେଲି, କୁକୁଡ଼ା ଇତ୍ୟାଦି ବଣରେ ମନଇଚ୍ଛା ବୁଲୁଥାନ୍ତି। ପିଲାମାନଙ୍କର ଗୋଡ଼ ଥକି ପଡ଼ିଥାଏ। ଦ୍ୱୀପର ଅନ୍ୟ ଗୋଟିଏ ପଟ ରହିଗଲା। ସେପଟେ ହୁଏତ ମଣିଷ ଥାଇ ପାରନ୍ତି। ହଠାତ୍ ଗୋଟିଏ ଅଜଣା

ଫଳଗଛରେ ଲାଲ୍ ଲାଲ୍ ଫଳ ଝୁଲୁଥିବାର ଦେଖି ଢୋଲକି ଲୋଭରେ ଫଳଟିଏ ଛିଡ଼ାଇ ଆଣିଲା । ସେ ଫଳଟିକୁ ପାଟିକୁ ନେଉ ନେଉ ବାହାଦୁର ଡିଆଁଟିଏ ମାରି ତା' ହାତରୁ ଫଳଟିକୁ ଛଡ଼ାଇ ନେଲା । ସମସ୍ତେ ବୁଝିଲେ ବାହାଦୁର କହୁଛି– "ନ ଜାଣି ନ ଶୁଣି ବାହାରର ରୂପ ଦେଖି ଯାହାକୁ ତାକୁ ଯେମିତି ବନ୍ଧୁ କରିବା ଉଚିତ୍ ନୁହେଁ, ଚେହେରା ଦେଖି ସେମିତି ଅଜଣା ଫଳ ଖାଇବା ଉଚିତ୍ ନୁହେଁ । ଫଳଟା ବିଷଫଳ ବି ହେଇପାରେ !"

ବାହାଦୁର ଫଳଟିକୁ ଶୁଙ୍ଘିଲା । ରୁଟିଲା । ଶେଷକୁ ସେ ମଧ ଲୋଭରେ ପଡ଼ି ଫଳଟିକୁ ଖାଇଦେଲା । ତା'ପରେ ସଙ୍ଗେ ସଙ୍ଗେ ବାହାଦୁର ବାଇଆଙ୍କ ଭଳି ହସି ହସି ଗଡ଼ିଲା । ସେ ମାଟିରେ ଗଡ଼ି ଯାଉଥାଏ । ସତେ ଯେମିତି ତାକୁ କିଏ କୁତୁକୁତୁ କରୁଛି । ସମସ୍ତେ ତ କାବା କାଠ । କରିବେ କ'ଣ ? କୁକୁରଟା ମଣିଷଙ୍କ ଭଳି ଏମିତି ହସୁଛି କେମିତି ? ପାଲ୍ଟୁ କହିଲା – "ଏ ନିଶ୍ଚୟ ହସ ଫଳ । ଏ ଫଳକୁ ଖାଇଲେ ଦେହ କୁତୁକୁତୁ ଲାଗୁଥିବ । କିଛି ସମୟ ଏମିତି ହସି ହସି ବାହାଦୁର ହୁଏତ ଠିକ୍ ହେଇଯିବ ।" ସତକୁ ସତ ଗୁଡ଼ାଏ ଗଡ଼ି ଗଡ଼ି ବାହାଦୁର ନିସ୍ତେଜ ହେଇ ପଡ଼ିଗଲା । ତାକୁ ଟିକେ ଆଉଁଶା ଆଉଁଶି କରିବାରୁ ସେ ପୁଣି ଗଡ଼ ଜିଣିବା ପରି ଆଗକୁ ଋଳିଲା । କିଛିବାଟ ଯିବା ପରେ ସେମାନେ ଦେଖିଲେ ଗୋଟିଏ ସ୍ଥାନ ବେଶ୍ ପରିଷ୍କାର ପରିଚ୍ଛନ୍ନ ହୋଇଛି ଓ ଦୁଇପଟରୁ ଗଛମାନଙ୍କୁ ଟାଣିଆଣି ଅଗରେ ଚୁଲ ବାନ୍ଧିବା ପରି ବାନ୍ଧି ଦିଆଯାଇଛି । ତା' ପାଖରେ ବଡ଼ ଗୁହାଟିଏ । ଅର୍ଥାତ୍ ଏଠାରେ ମଣିଷ ଅଛନ୍ତି । ସେଠାରେ ଧନୁ, ତୀର ପଥରର କେତେକ ଅସ୍ତ୍ର ଓ ଲୁହାର କେତେକ ଅସ୍ତ୍ର ରହିଛି । ସେଠାରେ

ମଧ ମଣିଷର ଖପୁରି ଓ କଙ୍କାଳ ଠାଏ ଠାଏ ଗଦା ହୋଇଛି ।

ସମସ୍ତେ ବୁଝିପାରିଲେ ଯେ ମଣିଷଖିଆ ମଣିଷମାନେ ଏଠାରେ ବସବାସ କରନ୍ତି । ସମସ୍ତେ ଝଙ୍କାଳିଆ ଗଛ ଉପରେ ଲୁଚି ରହିଲେ । କେତେଜଣ ଚାଲିପାରୁ ନଥିବା ଓ ଦେଖିପାରୁ ନଥିବା ପିଲା ସମୁଦ୍ର କୂଳର ସମତଳ ସ୍ଥାନକୁ ଫେରିଗଲେ । ସେମାନଙ୍କର ପ୍ରଧାନ କାମ ହେଲା ରହିବା ପାଇଁ ଘର ତିଆରି କରିବା । ତାଙ୍କ ସଙ୍ଗେ ଅନ୍ଧ ସ୍କୁଲର ଛାତ୍ର ମୋହନ ଗଲେ । ସେ ବର୍ତ୍ତମାନ ଅନ୍ଧ ପିଲାମାନଙ୍କର ଶିକ୍ଷକ ହୋଇ ପାଠ ସମସ୍ତଙ୍କୁ ପାଠ ପଢ଼ାଇବେ । ଓଲଟୁ, ପାଲଟୁ, ଢୋଲକିଙ୍କୁ ସମସ୍ତେ ଓସ୍ତାଦ ମାନିଥାନ୍ତି । ଓସ୍ତାଦମାନେ ରହିଲେ ଏ ଦ୍ୱୀପର ଅଧ୍ୱବାସୀମାନଙ୍କ ସଙ୍ଗେ ବନ୍ଧୁତା ଜମାଇବା ପାଇଁ । ବାହାଦୁର ମଧ ତାଙ୍କ ସଙ୍ଗେ ରହିଲା ।

ସମସ୍ତେ ଗଛରେ ଚଢ଼ି ପତ୍ର ଆଢୁଆଳରେ ରହିଥାନ୍ତି । କିଛି ସମୟ ପରେ ସେଇ ଜଙ୍ଗଲୀ ଲୋକମାନେ ଆସିଲେ । ସେମାନେ ଗଛର ଛାଲି ଖଣ୍ଡେ ଖଣ୍ଡେ ଦେହରେ ଗୁଡ଼ାଇଥାନ୍ତି । ଦେଖିବାକୁ ସୁସ୍ଥ ସବଳ ଓ ରୁକ୍ଷ ଚେହେରା । ସେମାନେ ଗୋଟିଏ ମଲା ଘୁସୁରି ଓ ଗୋଟିଏ ମଲା ବଲଦ ବୋହି ଆଣିଥାନ୍ତି । ସମସ୍ତେ ପ୍ରଥମେ ସେଇ ମଲା ଜନ୍ତୁମାନଙ୍କର ଛାଲା ଉଠାରି ତାକୁ ଖଣ୍ଡ ଖଣ୍ଡ କରି କଞ୍ଚା ଖାଇବାକୁ ଲାଗିଲେ । ତା'ପରେ ହସଫଳ କିଛି ବାହାର କରି ସମସ୍ତେ ଗୋଟିଏ ଗୋଟିଏ ଖାଇଲେ ଓ ମାତାଲ୍ ହୋଇ ଗଡ଼ିବାକୁ ଲାଗିଲେ । ସେମାନଙ୍କର ବୀଭସ୍ସ ହସରେ ଢୋଲକି ଥରିବାକୁ ଲାଗିଲା । ଓଲଟୁ କହିଲା— "ଭୟ କର ନାହିଁ । ବର୍ତ୍ତମାନ ତତେ ହିଁ ସବୁକାମ କରିବାକୁ ପଡ଼ିବ ।"

ଜଙ୍ଗଲୀ ଲୋକମାନେ ତା'ପରେ ଗୋଟିଏ ମୁଣ୍ଡିଆ ପଥର ଖରିପଟେ ଘେରି ବସିଲେ। ପଥର ଦେହରେ ନାଲିରଙ୍ଗ ବୋଳା ହୋଇଥାଏ ଓ ଫୁଲମାଳ ଦିଆ ହୋଇଥାଏ। ସେମାନେ ଆଖିବୁଜି ବସି ଉଚ୍ଚ ସ୍ୱରରେ ଗୀତ ଗାଇବାକୁ ଲାଗିଲେ। ସେଇଟା ବୋଧହୁଏ ତାଙ୍କର ଭଜନ ବା ଜଣାଣ।

ଏ ଭିତରେ ଓଲ୍‍ଟୁ ଓ ପାଲ୍‍ଟୁ ଢୋଲକିକୁ ଫୁଲମାଳରେ ସଜାଇ ଦେଇଥାନ୍ତି। ଧଳାମାଟି ଘୋରି ତା' ମୁଣ୍ଡରେ ଚିତା ଲଗାଇ ଦେଇଥାନ୍ତି। ଆସ୍ତେ ଆସ୍ତେ ଢୋଲକି ଗଛରୁ ଓହ୍ଲାଇଗଲା। ଠାକୁର ବୋଲି ଯେଉଁ ପଥର ମୁଣ୍ଡିଆକୁ ସେଇ ଜଙ୍ଗଲି ଲୋକମାନେ ପୂଜା କରୁଥିଲେ ତା'ରି ପଛପଟେ ସେ ଯାଇ ଲୁଚି ରହିଲା।

ଠିକ୍ ଏତିକିବେଳେ ସାପଟିଏ ଆସି ସେଇ ଲୋକଙ୍କ ମଝିରେ ପହଞ୍ଚିଗଲା। ଜଙ୍ଗଲୀ ଲୋକଗୁଡ଼ା ସାପଟିକୁ ଦେଖି ଭୟରେ ଉଠି ପଡ଼ିଲେ। ସେମାନେ ସାପକୁ ଭଗବାନଙ୍କର ଦୂତ ବୋଲି ଭାବୁଥିଲେ। ଠିକ୍ ଏତିକିବେଳେ ଢୋଲକି ବାହାରିପଡ଼ି ମଧୁର କଣ୍ଠରେ ଗୀତ ଗାଇ ନାଚିବାକୁ ଲାଗିଲା। ଓଲ୍‍ଟୁ ବଂଶୀ ବଜାଇଲା ଓ ପାଲ୍‍ଟୁ ପଥର ଦୁଇଖଣ୍ଡ ଧରି ତାଳ ଦେବାକୁ ଲାଗିଲା। ସାପ ମଧ ଗୀତର ତାଳେ ତାଳେ ନାଚିବାକୁ ଲାଗିଲା। ଜଙ୍ଗଲୀ ଲୋକମାନେ ଏମାନଙ୍କୁ ଦେଖି ଆଶ୍ଚର୍ଯ୍ୟ ହୋଇଗଲେ। ସେମାନେ ଭାବିଲେ ଏମାନେ ବୋଧହୁଏ ସ୍ୱର୍ଗର ଦୂତ ଓ ଢୋଲକି ବୋଧହୁଏ ବନଦୁର୍ଗା। ସାପଟି ଧାରେ ଧାରେ ଖସିଯାଇ ଜଙ୍ଗଲ ଭିତରେ ଲୁଚିଯିବା ଯାଏ ଢୋଲକି ନାଚୁଥାଏ। ଓଲ୍‍ଟୁର ମଧୁର ବଂଶୀ ସ୍ୱନରେ ଜଙ୍ଗଲୀ ଲୋକମାନେ ମନ୍ତ୍ର କଲାଭଳି ଅବାକ୍ ହୋଇ ଚୁହିଁ ରହିଥାନ୍ତି। ପାଲ୍‍ଟୁର ତାଳ ସଙ୍ଗେ କେହି କେହି

ପାଦ ପକାଇ ନାଚୁଥାନ୍ତି। କହିବାକୁ ଗଲେ ସମସ୍ତେ ଏଇ ତିନିଟି ପିଲାଙ୍କର ବଶ ହେଇଯାଇଥାନ୍ତି। ସେମାନଙ୍କ ଭିତରୁ ଦଳେ ଲୋକ ତାଙ୍କ ଭାଷାରେ କହିଲେ– "ଏମାନେ ହେଲେ ବଣର ଠାକୁର। ଯ଼ାଙ୍କୁ ପୂଜା କରିବା।" ଅନ୍ୟ ଦଳେ କହିଲେ– "ନା, ଏମାନେ ଠାକୁର ହୁଅନ୍ତୁ କି ଯାହା ହୁଅନ୍ତୁ ଏମାନଙ୍କ କଅଁଳ ମାଂସକୁ ଖାଇବା। ନିଶ୍ଚୟ ଖୁବ୍ ସୁଆଦିଆ ହୋଇଥିବ।" ଦଳେ କହିଲେ– "ନା ନା, ଏମାନେ ଆମର ରାଜା। ଆମେ ତାଙ୍କ କଥା ଅନୁସାରେ ଚଳିବା।" ଆଉ ଦଳେ କହିଲେ– "ଆଗ ତାଙ୍କର ବଳ ଓ ବୁଦ୍ଧି ପରୀକ୍ଷା କରାଯାଉ। ସମସ୍ତେ ଏଇ କଥାରେ ରାଜି ହେଇଗଲେ।" କିନ୍ତୁ ଆଉ ଦଳେ କୌଣସି କଥାରେ ରାଜି ନ ହୋଇ ଏମାନଙ୍କୁ ମାରି ଖାଇବେ ବୋଲି ଜିଦ୍ ଧରିଲେ। ଯୁକ୍ତି ତର୍କ ହେଉ ହେଉ ଖୁବ୍ ରଗାରଗି ହୋଇଗଲେ। ସମସ୍ତେ ନିଜ ନିଜ ଭାଷାରେ ପରସ୍ପରକୁ ଗାଳିଗୁଲଜ କଲେ। କେହି କେହି ମାଡ଼ ମାରାମାରି ମଧ ହେଲେ।

ଓଲଟୁ, ପାଲଟୁ ଓ ଢୋଲକି ସେମାନଙ୍କର ଭାଷା ବୁଝି ନ ପାରୁଥିଲେ ମଧ ଭାବଭଙ୍ଗୀ ଓ ବ୍ୟବହାରରୁ ସବୁକଥା ଠଉରେଇ ନେଉଥିଲେ। ସେମାନେ ହଠାତ୍ ଗୋଟିଏ ବୁଦ୍ଧି ପାଞ୍ଚିଲେ। ତିନିଜଣଯାକ ଗୋଟିଏ ଗୋଟିଏ ମୂର୍ତ୍ତି ଭଳି ବସି ରହିଲେ। ଜଣେ ଆଖିରେ ହାତ ଦେଇଥାଏ, ଜଣେ ପାଟିରେ ହାତ ଦେଇଥାଏ, ଜଣେ କାନରେ ହାତ ଦେଇଥାଏ। ଠିକ୍ ଜାତିର ପିତା ଗାନ୍ଧିଜୀଙ୍କ ତିନି ମାଙ୍କଡ଼ ଭଳି ଭାଇ ଭଉଣୀ ତିନିଜଣ ବସି ରହିଥାନ୍ତି। ଟିକିଏ ବି ହଲଚଲ୍ ହେଉନଥାନ୍ତି। ଜଙ୍ଗଲୀ ଲୋକମାନେ କଳି ତକରାଲ ଛାଡ଼ି ସେମାନଙ୍କୁ ରୁହାଁ ଆଶ୍ଚର୍ଯ୍ୟ ହୋଇଗଲେ ଓ ଏପରି ବସିବାର ଅର୍ଥ

କ'ଣ ଠାରି କରି ପଚାରିଲେ ।

ଢୋଲ୍‌କି ସୁନ୍ଦର ଭାବରେ ଠାରି କରି ବୁଝାଇ ଦେଲା ଯେ— ଆମେ ଭାରତବର୍ଷରୁ ଆସିଛୁ । ଆମ ଜାତିର ପିତା କହିଛନ୍ତି "ଖରାପ କଥା କହିବ ନାହିଁ, ଖରାପ କଥା ଦେଖିବ ନାହିଁ, ଖରାପ କଥା ଶୁଣିବ ନାହିଁ ।" ଆପଣମାନେ ଖରାପ ଭାଷାରେ ଗାଳିଗୁଲଜ କରୁଛନ୍ତି । ପରସ୍ପରକୁ ଖରାପ ବ୍ୟବହାର ଦେଖାଉଛନ୍ତି । ଆମେ ସେଥିରେ ଭାଗ ନେବୁନାହିଁ । ଆପଣ ଭଲ କାମ କଲେ ଆମେ ସେଥିରେ ନିଶ୍ଚୟ ଯୋଗ ଦେବୁ ।

ଜଙ୍ଗଲୀ ଲୋକଗୁଡ଼ା ଢୋଲ୍‌କିର କଥା ସୁନ୍ଦର ଭାବରେ ବୁଝିଗଲେ । କାରଣ ଡକାୟତ ଆଡ଼ାରେ ଘୁଙ୍ଗୀ ଝିଅର ଅଭିନୟ କରି ଠାର ଦ୍ୱାରା ସମସ୍ତଙ୍କୁ ବୁଝାଇବା ଢୋଲ୍‌କିର ଅଭ୍ୟାସ ହେଇଯାଇଥିଲା ।

ସବୁତକ ଲୋକ କଲିକଜିଆ ବନ୍ଦ କରି ଚୁପ୍‌ଚାପ୍ ବସି ପଡ଼ିଲେ । କାହାର ଆଖିରେ ହାତ, କାହାର ପାଟିରେ ହାତ ଆଉ କାହାର କାନରେ ହାତ । ସମସ୍ତେ ଏମିତି ବସି ପଡ଼ିବା ଦ୍ୱାରା କଲିକଜିଆ, ପାଟିତୁଣ୍ଡ ଆପେ ଆପେ ବନ୍ଦ ହେଇଗଲା । ତା ପରେ ଓଲ୍‌ଟୁ ଠାର ଦ୍ୱାରା ଜଣାଇଲା ସେମାନେ ତାଙ୍କ ସହ ବନ୍ଧୁତା କରିବାକୁ ଆସିଛନ୍ତି । ସେମାନଙ୍କର ସର୍ଦ୍ଦାର ଜଣାଇଦେଲେ ପ୍ରଥମେ ବୁଦ୍ଧି ଓ ବଳ ପରୀକ୍ଷା କରିବାକୁ ହେବ । ଓଲ୍‌ଟୁ, ପାଲ୍‌ଟୁ ଓ ଢୋଲ୍‌କି ରାଜି ହେଇଗଲେ ।

"ଅସୁର ମୁଣ୍ଡିଆ" ସହ ବଳ କଷାକଷି

ଯେଉଁ ଚୁମ୍ବକ ପାହାଡ଼ ଦେହରେ ସମୁଦ୍ରର ଜାହାଜ ସବୁ ଧକ୍କା ଖାଇ ଅନେକ ଦୁର୍ଘଟଣା ହୁଏ, ତାକୁ ଜଙ୍ଗଲୀ ଲୋକମାନେ ତାଙ୍କ ଭାଷାରେ କହନ୍ତି 'ଅସୁର ମୁଣ୍ଡିଆ' । କାରଣ ସେମାନେ ଶିକାର ପାଇଁ ସେଇ ପାହାଡ଼ ଆଡ଼େ ଗଲେ, ତାଙ୍କ ହାତରୁ ଲୁହାର ହତିଆର ସବୁ

ଟାଣିହେଇଯାଇ ସେଇ ପାହାଡ଼ ଦେହରେ ଲାଗିଯାଏ । ଯେତେ ଟାଣିଲେ ବି ସେମାନେ ଆଉ ସେ ହତିଆରକୁ ପାହାଡ଼ ଦେହରୁ ଛଡ଼ାଇ ପାରନ୍ତି ନାହିଁ । ତେଣୁ ସେମାନେ ଭାବିଥାନ୍ତି ସେଇଟା ଗୋଟାଏ ଅସୁର । କାହା ଅଭିଶାପରେ ପଥର ପାଲଟି ଯାଇଛି ସିନା, ତାର ବଳ କମିନାହିଁ ।

ଓଲ୍‌ଟୁ, ପାଲଟୁଙ୍କର ବଳ କଷିବା ପାଇଁ ସେଇ ଅସୁର ମୁଣ୍ଡିଆ ହିଁ ପ୍ରକୃତ ସ୍ଥାନ । ଜଙ୍ଗଲୀ ଲୋକମାନେ ସେଇକଥା ଜଣାଇଦେଲେ । ଓଲ୍‌ଟୁ, ପାଲଟୁ ବିଜ୍ଞାନ ବହିରେ ଚୁମ୍ବକ ଧର୍ମ ବିଷୟରେ ପଢ଼ିଥିଲେ । ସେମାନେ ଜାଣିଥିଲେ ଚୁମ୍ବକ କେବଳ ଲୁହା ଇତ୍ୟାଦି ଧାତୁକୁ ଆକର୍ଷଣ କରେ । ତେଣୁ ସେମାନେ କାଠରେ ଦୁଇଟି ଖଣ୍ଡା ତିଆରି କଲେ ଓ ସେଥିରେ କଳାରଙ୍ଗ ବୋଲି ଦେଲେ । ଡକାୟତଙ୍କର ଲାଞ୍ଜରେ ଷ୍ଟିଲର ଛୁରୀ ମଧ ଥିଲା । ତାକୁ ବି ନେଇ ଆସିଲେ । ତା’ପରେ ଉଭୟ ପକ୍ଷ ଅସୁରମୁଣ୍ଡିଆ ପାଖକୁ ଗଲେ । ଜଙ୍ଗଲୀ ଲୋକମାନେ ପାଲଟୁ ଓ ଓଲ୍‌ଟୁଙ୍କୁ ଆକ୍ରମଣ କରିବାକୁ ହାତ ଉଠାଇ ଖଣ୍ଡା ବୁଲାଇବା ମାତ୍ରେ ତାଙ୍କ ହାତର ଖଣ୍ଡାସବୁ ଟାଣି ହେଇଯାଇ ଅସୁର ମୁଣ୍ଡିଆ ଦେହରେ ଲାଗିଗଲା । କିନ୍ତୁ ଓଲଟୁ ଓ ପାଲଟୁଙ୍କର କାଠଖଣ୍ଡା ଓ ଷ୍ଟିଲ୍ ଛୁରୀ ତାଙ୍କରି ହାତରେ ଥାଏ । ପୁଣି ସେମାନେ ସତ ସତିକା ଯୋଦ୍ଧାଙ୍କ ଭଳି ଖଣ୍ଡା ବୁଲାଇ ଅସୁର ମୁଣ୍ଡିଆ ପାହାଡ଼ରେ ଦି ଘରି ଭୁସା ଦେଲେ ତାଙ୍କ ଖଣ୍ଡାରେ । ଜଙ୍ଗଲୀ ଲୋକମାନେ କାବା କାଠ । ଲମ୍ବ ଲମ୍ବ ହେଇ ଏଡ଼େ ଏଡ଼େ ମଣିଷଗୁଡ଼ା ତିନିପିଲାଙ୍କ ପାଦ ତଳେ ପଡ଼ିଗଲେ । ଓଲ୍‌ଟୁ ପାଲଟୁ ତାଙ୍କୁ ଉଠାଇ ତାଙ୍କ ସଙ୍ଗେ ହାତ ମିଳାଇଲେ ଓ ଠାର ଦ୍ୱାରା ଜଣାଇଦେଲେ ଆମେ ସମସ୍ତେ ସମାନ । କେହି ରାଜା ନୁହେଁ କି

କେହି ପ୍ରଜା ନୁହେଁ । ଜଙ୍ଗଲୀ ଲୋକମାନେ ଖୁସି ହେଇଗଲେ ।

ବାହାଦୁର ଭାଉ ଭାଉ ଭୁକି ନିଜର ବାହାଦୁରୀ ଦେଖାଉଥାଏ । ସତେକି ବାଘଟାଏ ହାବୁଡ଼ରେ ପଡ଼ିଲେ ସେ ତା'ର ତଣ୍ଡି କଣା କରି ରକ୍ତ ପିଇଯିବ ।

ସତକୁ ସତ ଏତିକିବେଳେ କେତେଟା ହନୁମାଙ୍କଡ଼ ଗଛ ଉପରୁ ତଳକୁ ଓହ୍ଲାଇ ଆସିଲେ । ଜଙ୍ଗଲୀ ମଣିଷଙ୍କ ଭଳି ସେମାନେ ବି ଖୁବ୍ ମୋଟାସୋଟା ଆଉ ଭୟଙ୍କର ଦିଶୁଥାନ୍ତି । ଜଙ୍ଗଲୀ ଲୋକଗୁଡ଼ା ହନୁମାଙ୍କଡ଼କୁ ଭୟ କରନ୍ତି । କାରଣ ସେ ହନୁମାଙ୍କଡ଼ଗୁଡ଼ା ନଖରେ ମୁହଁ ଦେହ ବିଦାରି ପକାନ୍ତି । ଜଙ୍ଗଲୀ ଲୋକମାନେ ଭୟରେ ଦଉଡ଼ା ଦଉଡ଼ି କଲେ । ବାହାଦୁର ନିଶ ଫୁଲାଇ ଭୋ ଭୋ ଭୁକି ମାଙ୍କଡ଼ଙ୍କ ପଛରେ ଗୋଡ଼େଇଗଲା । ସତେକି ମାଙ୍କଡ଼ଙ୍କୁ ଗୋଟାଛଡ଼ାଏଁ ଗିଲି ପକାଇବ । ସତକୁ ସତ ଏଡ଼େ ଭୁଶୁଣ୍ଡା ଭୁଶୁଣ୍ଡା ମାଙ୍କଡ଼ଗୁଡ଼ା ବାହାଦୁରର ପ୍ରତାପରେ ଲାଙ୍ଗୁଡ଼ ଜାକି ଗଛ ଉପରକୁ ଚଢ଼ିଗଲେ ଆଉ ଗଛ ସନ୍ଧିରେ ମୁହଁ ଲୁଚାଇ ଦେଲେ । ବାହାଦୁର ଗର୍ବରେ ଛାତି ଫୁଲାଇ ବାଟ ଚଲୁଥାଏ । ସତେକି ଏ ପୃଥିବୀର ଶ୍ରେଷ୍ଠ ବୀର । ଜଙ୍ଗଲୀ ଲୋକମାନେ ମୂଷାଟି ଭଳି ଚୁପ୍‌ଚ‌ାପ୍ ବାହାଦୁର ପଛେ ପଛେ ଚଲିଥାନ୍ତି ।

କିଛିବାଟ ଗଲାପରେ ଜଙ୍ଗଲ ବେଶୀ ବେଶୀ ଘଞ୍ଚ ହେଇ ଆସିଲା । ଦିନ ମଧ୍ୟ ରାତି ଭଳି ଦିଶିଲା । ଚାରିଆଡ଼େ ବିଭିନ୍ନ ପଶୁପକ୍ଷୀଙ୍କର ବିକଟ ରାବ ଶୁଭୁଥାଏ । ଜଙ୍ଗଲୀ ଲୋକମାନେ ନିଜର ଅସ୍ତ୍ର ଶସ୍ତ୍ର ଦରାଣ୍ଡି ହେଲେ । କାଲେ ବାଘ କି ସିଂହ ଗୋଟାଏ ବାହାରି ପଡ଼ିବ !

ବାହାଦୁର ତ ମାଙ୍କଡ଼କୁ ଘଉଡ଼େଇ ମହାଗର୍ବରେ ଆଗେ ଆଗେ ଚଲିଥାଏ । ଏତିକିବେଳେ ବାହାଦୁରର ଠିକ୍ ସାମ୍ନାରେ ଗୋଟାଏ

ବଣ ବିରାଡ଼ି(କଟାଶ) ବାହାରି ପଡ଼ିଲା । ବାହାଦୁର ଆଖିବୁଜି ପଛୁଆ ଦଉଡ଼ା ମାରିଲା । ସେ ଯାଇ ଗୋଟାଏ ମୁଣ୍ଡିଆ ପଥରରେ ଧକ୍‌କା ଖାଇ ଯାଇ ବେହୋସ ହେଇଗଲା । ଅତରଛରେ ମଇଲା ବି କରିଦେଇଥାଏ । ପାଲ୍‌ଟୁ ଓ ଢୋଲ୍‌କି ହସି ହସି ପ୍ୟାଣ୍ଟରେ 'ଏକ' କରିଦେବା ଉପରେ । ଓଲ୍‌ଟୁ ବାହାଦୁର ମୁହଁରେ ପାଣି ଛଟାଛଟି କରି ତା'ର ଚେତା ଫେରାଇ ଆସ୍ତେ ଆସ୍ତେ କହିଲା— 'ବାହାଦୁର'! ନିଜର ଶକ୍ତି ଆଉ କ୍ଷମତା ଅଧିକ ଦେଖେଇ ହେବା ଭଲ କଥା ନୁହେଁ । କାମ କରି ନିଜର ଶକ୍ତି ଦେଖାଇବା ଭଲ । ଆଜିଠୁ ଆଉ ଅଧିକ ବାହାଦୁରୀ ଦେଖାଇ ଅପଦସ୍ତ ଯେପରି ନ ହେଉ । ବାହାଦୁର ଆଖି ମିଟିମିଟି କରି ସବୁ ଶୁଣୁଥାଏ । ସତେକି ସବୁକଥା ବୁଝି ପାରୁଥାଏ । ବିକଳରେ ପେଟେ ପାଣି ପିଇଗଲା । ଝାଡ଼ିଝୁଡ଼ି ହେଇ ଉଠି ଗୋଟିଏ ଗୋଟିଏ ଘୁଳିଲା ।

କ୍ଷୀର ଦହିର ନଈ ଓ ଭୂତଫଳ

ଦ୍ୱୀପର ରୁରିଆଡ଼େ ନଡ଼ିଆଗଛ ଘେରି ରହିଥାଏ । କିନ୍ତୁ ଜଙ୍ଗଲୀ ଲୋକମାନେ କେହି ନଡ଼ିଆ ଖାଆନ୍ତି ନାହିଁ । ନଡ଼ିଆ ଯେ ଗୋଟିଏ ଖାଇବା ଫଳ ଏକଥା ବୋଧହୁଏ ତାଙ୍କୁ ଜଣା ନଥାଏ । ସେମାନଙ୍କ ଭାଷାରେ ନଡ଼ିଆକୁ 'ଭୂତଫଳ' କହନ୍ତି । କେତେ ଯୁଗ ହେଇଗଲାଣି । ଜଣେ ଲୋକ ନଡ଼ିଆ ଗଛ ତଳେ ରୁଲୁ ରୁଲୁ ଶୁଖିଲା ନଡ଼ିଆଟିଏ ସେ ଲୋକର ମୁଣ୍ଡଉପରେ ଖସିପଡ଼ିଲା । ତା'ର ମୁଣ୍ଡ ଫାଟିଗଲା ଓ ଚିକିସା ଅଭାବରେ ସେ ସେଇ ଗଛତଳେ ମରିଗଲା । ସେଇ ଦିନଠାରୁ ସମସ୍ତେ ନଡ଼ିଆଗଛକୁ ଭୂତଗଛ ଓ ନଡ଼ିଆକୁ ଭୂତଫଳ କହନ୍ତି ।

ସେମାନେ ଠାରିକରି କହିଲେ, ଭୂତଗଛ ହାତ ହଲେଇ ସମସ୍ତଙ୍କୁ ଡାକେ ଓ ପାଖକୁ ଗଲେ ବାଇଶିପଲିଆ ବିଧା ଥୋଇ ମଣିଷକୁ ମାରିଦିଏ। ପ୍ରକୃତରେ ବାହୁଙ୍ଗାଗୁଡ଼ିକ ପବନରେ ହାତ ହଲାଇ ଡାକିଲା ଭଳି ଦିଶୁଥାଏ। ସବୁ ଗଛରେ ଶୁଖୁଲାନଡ଼ିଆ ଖୁଦି ହୋଇଥାଏ। କାରଣ କେହି ନଡ଼ିଆ ପାରନ୍ତି ନାହିଁ। ତେଣୁ ମଝିରେ ମଝିରେ ଶୁଖୁଲାନଡ଼ିଆ ଗଛରୁ ଖସେ ଓ ତାକୁ ବାଇଶିପଲିଆ ବିଧା ବୋଲି ଜଙ୍ଗଲୀ ଲୋକମାନେ କହନ୍ତି।

ଓଲଟୁ ଓ ପାଲଟୁ ନଡ଼ିଆଗଛ ଆଡ଼କୁ ଗଲିଲେ। ଜଙ୍ଗଲୀ ଲୋକମାନେ ତାଙ୍କୁ ଟାଣି ଓଟାରି ନ ଯିବା ପାଇଁ ଅନୁରୋଧ କଲେ ଓ କି ପ୍ରକାର ବିପଦ ପଡ଼ିବ ବୁଝେଇ ଦେଲେ। ଓଲଟୁ ପାଲଟୁ ତାଙ୍କୁ ବୁଝାଶୁଝା କରି ଗଛମୂଳକୁ ଗଲେ। ଜଙ୍ଗଲୀ ଲୋକମାନେ ଭୟରେ କାଠ ହେଇ ଦୂରରେ ଠିଆ ହୋଇଥାନ୍ତି। ଓଲଟୁ ଓ ପାଲଟୁ ବାଙ୍ଗର ନଡ଼ିଆ ଗଛମାନଙ୍କରୁ ନଡ଼ିଆ ଓ ପଇଡ଼ ପାରିଲେ। ନଡ଼ିଆର କତା ଛଡ଼ାଇ ନଡ଼ିଆ ଭାଙ୍ଗିଲେ, ପଇଡ଼ ପିଇଲେ ଓ ନଡ଼ିଆ ଖାଇଲେ। ବାହାଦୁର ଏକାବେଳକେ ଗୋଟିଏ ପଇଡର ପାଣି ପିଇଗଲା। ପଇଡ଼ପାଣି ଭାରି ମିଠା। ଏତେ ମିଠା ପଇଡ଼ପାଣି ଏମାନେ ଆଗରୁ କେବେ ପିଇ ନ ଥିଲେ। ଜଙ୍ଗଲୀ ଲୋକମାନେ ଭାବିଲେ ସେମାନେ ନିଶ୍ଚୟ ଅଳ୍ପ ସମୟପରେ ମାତାଲ ହୋଇଯିବେ ନଚେତ୍ ମରିଯିବେ। କିନ୍ତୁ ସେମାନଙ୍କର ଯେତେବେଲେ କିଛି ହେଲାନାହିଁ ଜଙ୍ଗଲୀ ଲୋକମାନେ ମଧ୍ୟ ସାହସ କରି ନଡ଼ିଆ ଓ ପଇଡ଼ ଖାଇଲେ। ସେମାନେ ଏତେ ଖୁସି ହୋଇଗଲେ ଯେ ଓଲଟୁ ପାଲଟୁ ଓ ଢୋଲକିକୁ କାନ୍ଧରେ ବସାଇ ନାଚିଲେ। ଓଲଟୁ ପାଲଟୁ ଓ ଢୋଲକିଙ୍କୁ ସେମାନେ ମଧ୍ୟ ଓସ୍ତାଦ୍ ମାନିନେଲେ।

କିଛିବାଟ ଗଲାପରେ ସମସ୍ତେ ଦେଖିଲେ ନଈଟିଏ ବହି ଯାଉଛି । ନଈର ପାଣି କ୍ଷୀର ଭଳି ଧଳା । ସେଥିରେ ଭାସିଯାଉଛି ମୁଣ୍ଡା ମୁଣ୍ଡା ଛେନା ଓ ଦହି । ସେମାନେ ଦେଖିଲେ କେତେ ଡଉଲ ଡାଉଲ ଗାଈ ମଇଁଷୀ ବୁଲୁଛନ୍ତି । ସେମାନଙ୍କ ଚିରରୁ କ୍ଷୀର ଝରିଯାଇ ନଈ ହେଇ ବହିଯାଉଛି । ସେମାନେ ବୁଝିପାରିଲେ ଯେ ଜଙ୍ଗଲୀ ଲୋକମାନେ କ୍ଷୀର ବା ଦହି ଖାଇବା ଶିଖିନାହାନ୍ତି । ସେମାନେ କେବଳ ଗାଈ ମଇଁଷୀର ମାଂସ ଖାଆନ୍ତି ।

ତିନିଜଣଯାକ ଆଞ୍ଜୁଲା ଆଞ୍ଜୁଲା କ୍ଷୀର ପିଇଲେ, ମୁଣ୍ଡା ମୁଣ୍ଡା ଛେନା ଖାଇଲେ ନଈରୁ ଛାଣି । କ୍ଷୀରସବୁ ମନକୁ ମନ ଛେନା ଛିଣ୍ଡି ଯାଉଥାଏ ବହି ବହି । ବାହାଦୁର ତ କ୍ଷୀର ନଈକୁ ଡେଇଁପଡ଼ି ପେଟେ କ୍ଷୀର ପିଇଗଲା । ସେଥିରେ ଉବୁଟୁବୁ ହେଇ ବୁଡ଼ିଯିବା ଉପରେ । ବେକଯାଏ କ୍ଷୀର ପିଇ ଦେଇଥାଏ ଯେ ଆଉ ପହଁରି ପାରୁ ନଥାଏ । ପାଲଟୁ ତାକୁ ଦି ଥାପଡ଼ ପକାଇ ଉଠାଇ ଆଣିଲା ନଈରୁ । ରାଗିକରି କହିଲା— "ଲୋଭର ଫଳ ମୃତ୍ୟୁ । ଏଣିକି ସାବଧାନ ହୁଅ ।" ଜଙ୍ଗଲୀ ଲୋକମାନେ ମଧ ଏମାନଙ୍କଠାରୁ ଦେଖି କ୍ଷୀର ପିଇଲେ । ଛେନା ଖାଇଲେ । ଖୁସିରେ ହେଉଡ଼ି ମାରିଲେ । ପିଲାମାନଙ୍କର ବୁଦ୍ଧିକୁ ମନେ ମନେ ତାରିଫ୍ କଲେ ।

ଜଳନ୍ତା ସାପକୁ ସାବାଡ଼ କଲେ

ଦ୍ୱୀପର ଅନ୍ୟ ପ୍ରାନ୍ତରେ ଦିବ୍ୟାଙ୍ଗ ପିଲାମାନେ ଘର ତିଆରି କାମରେ ଲାଗିଥାନ୍ତି । ଓଲଟୁ, ପାଲଟୁ ଓ ଢୋଲକି ଜଙ୍ଗଲୀ ଲୋକମାନଙ୍କୁ ନେଇ ସେଇଆଡ଼େ ଛୁଟିଲେ । ସଂଧ୍ୟା ହୋଇଗଲା । ଜଙ୍ଗଲର ଗୋଟିଏ ପ୍ରାନ୍ତରେ ଶୁଖିଲା ଗଛରେ ନିଆଁ ଲାଗିଲା । ଭାରି ସୁନ୍ଦର ଦିଶୁଥାଏ । ସେତିକି ବାହାଘର ପାଇଁ ଧାଡ଼ି ଧାଡ଼ି ଆଲୁଅ ସଜା ହୋଇଛି । ଠିକ୍ ଏତିକିବେଳେ ଜଳନ୍ତା ପାହାଡ଼ ଉପରୁ ଜଳନ୍ତା ସାପଟିଏ ବଙ୍କେଇ ବଙ୍କେଇ ଗଡ଼ିଆସିଲା । ଜଙ୍ଗଲୀ ଲୋକମାନେ ସାପକୁ ତ ଭାରି ଡରନ୍ତି ।

ସାପକୁ ସେମାନେ ଦେବତା ବୋଲି ମାନନ୍ତି । ଜଳନ୍ତା ସାପକୁ ତ ଆହୁରି ପ୍ରାଣେ ଭୟ ! ତାଙ୍କର ଧାରଣା ଠାକୁର ରାଗିଲେ ବଣରେ ନିଆଁ ଲାଗେ ଓ ଜଳନ୍ତାସାପ ସବୁ ବାହାରନ୍ତି । ଜଙ୍ଗଲୀ ଲୋକମାନେ ଭୟରେ ଚିତ୍କାର କଲେ । ଜଳନ୍ତାସାପଟା ଉପରୁ ଗଡ଼ିଆସି ଗୋଟିଏ ସମତଳ ସ୍ଥାନରେ ସ୍ଥିର ହୋଇ ରହିଗଲା । ଜଙ୍ଗଲୀ ଲୋକମାନେ ଭାବିଲେ ନିଶ୍ଚୟ ତାଙ୍କୁ ଜାଳିପୋଡ଼ି ଦେବ । ଓଲ୍‌ଟୁ ସେମାନଙ୍କୁ ସାନ୍ତ୍ୱନା ଦେଇ ପାଖ ଝରଣାରୁ ପାଣି ନେଇଆସିଲା ଓ ସେହି ଜଳନ୍ତା ସାପ ଉପରେ ଢାଲିଦେଲା । ସାପଟା ସଙ୍ଗେ ସଙ୍ଗେ ମରି କଳା କିଟିକିଟି ହୋଇ ପଡ଼ିରହିଲା । ଜଙ୍ଗଲୀ ଲୋକମାନେ ଆଶ୍ଚର୍ଯ୍ୟରେ ଆଖି ତାଲୁରେ ଖୋସିପକାଇ ଓଲ୍‌ଟୁକୁ ଚାହିଁଲେ । ଏଡ଼େ ବକଟେ ପିଲାର କେତେ କରାମତି ! ଜଳନ୍ତା ସାପ ଦେବତାଙ୍କୁ ପାଣି ଚଳେ ଛିଞ୍ଚ ସାବାଡ଼ କରିଦେଲା ।

ପ୍ରକୃତରେ ଓଲ୍‌ଟୁ ବୁଝିପାରିଥିଲା ଜଳନ୍ତା ସାପ କେବେହେଲେ ଏତେ ସୁନ୍ଦର ଗତିରେ ତଳକୁ ଗଡ଼ି ଆସିପାରିବ ନାହିଁ । ସାପ ଦେହରେ ନିଆଁ ଲାଗିଲେ ସେ ନିଶ୍ଚୟ ଛଟପଟ ହେବ । ଉପରେ ବୋଧହୁଏ ଲୁହା ଅଛି । ନିଆଁରେ ତରଳି ଲୁହାଖଣ୍ଡ ତଳକୁ ଗଡ଼ିଆସୁଛି । ପାଣି ଢାଲିଦେବାରୁ ତରଳ ଲୁହା ପୁଣି ଶୀତଳ ଓ କଠିନ ହୋଇ ଖଣ୍ଡେ ଲୁହାରେ ପରିଣତ ହୋଇଗଲା । ତାପ ପାଇଲେ କଠିନ ବସ୍ତୁ ତରଳ ହୁଏ ଓ ଶୀତଳ ହେଲେ ତରଳ ବସ୍ତୁ କଠିନ ହୁଏ । ବସ୍ତୁର ତିନି ପ୍ରକାର ଅବସ୍ଥା । କଠିନ, ତରଳ ଓ ବାଷ୍ପୀୟ । ବହିରେ ପଢ଼ିଥିବା ପାଠକୁ କାମରେ ଲଗାଇ ଓଲ୍‌ଟୁ ଜଙ୍ଗଲୀ ଲୋକଙ୍କଠାରୁ ବାହାଦୁରୀ ପାଇଲା ।

ନୂଆ ରାଇଜରେ ନୂଆ ସମାଜ

ତା'ପରେ ସମସ୍ତେ ଆସି ପହଞ୍ଚିଲେ ଅନ୍ୟ ପିଲାମାନଙ୍କ ପାଖରେ । ସେମାନେ ତାଙ୍କୁ ଅପେକ୍ଷା କରିଥିଲେ । କିନ୍ତୁ କି ଆଶ୍ଚର୍ଯ୍ୟ ! ନିଛାଟିଆ ବଣ ଭୂଇଁରେ ସୁନ୍ଦର ଘରସବୁ ଧାଡ଼ି ଧାଡ଼ି ହୋଇ ଠିଆହୋଇଛି । ନାଲିମାଟିରେ ଆଉ କଳାମାଟିରେ ଘରର କାନ୍ଥସବୁ ଲିପା ହୋଇଛି । ଘୁଙ୍ଗୀ ଝିଅମାନେ ଧଳା ଚୃନମାଟିରେ କେତେ ସୁନ୍ଦର ଚିତା ଲେଖିଦେଇଛନ୍ତି । ବଣଜନ୍ତୁଙ୍କ ଦାଉରୁ ଘରକୁ ରକ୍ଷା କରିବା ପାଇଁ କଣ୍ଟାଝଣ୍ଟାରେ ବାଡ଼ ବୁଜିଦେଇଛନ୍ତି ଘରର ଝରିପଟେ ।

ଜଙ୍ଗଲୀ ଲୋକମାନେ ଭାବିଲେ ଆଜିଯାଏ ସେମାନେ ଖରା, ବର୍ଷା, କାକରରେ ଗଛତଳେ ପଡ଼ିରହି କେତେ କଷ୍ଟ ପାଉଥିଲେ ।

ଏଇ ଜଙ୍ଗଲର ମାଟି, ପଥର, କାଠ, ବାଉଁଶ, ଘାସ, ପତରକୁ ନେଇ କୁନି ପିଲାମାନେ ବଡ଼ ବିନ୍ଧାଣି ଭଳି କେଡ଼େ ସୁନ୍ଦର ନିରାପଦ ଘର ତିଆରି କରିପାରିଛନ୍ତି । ସେମାନେ ବୟସରେ ସାନ ହେଲେ ମଧ୍ୟ ବୁଦ୍ଧିରେ ବଡ଼ । ତେଣୁ ସେମାନେ ଗୁରୁ । ସମସ୍ତେ ଏଥର ସାନପିଲାମାନଙ୍କର ବଡ଼କାମ ପାଖରେ ହାର ମାନିଲେ । ସେମାନେ ମଧ୍ୟ ଘର ତିଆରିରେ ଲାଗିପଡ଼ିଲେ । ଅଳ୍ପଦିନ ଭିତରେ ଅପନ୍ତରା ବଣଭୂଇଁରେ ଗୋଟେ ସୁନ୍ଦର ଗାଁ ଗଢ଼ିଉଠିଲା ।

ସେମାନେ ଋଷ କ'ଣ ଜାଣି ନଥିଲେ । ବୁଲି ବୁଲି ଯୋଉଠୁ ଯାହା ପାଇଲେ ଫଳ ଖାଉଥିଲେ । ଓଲଟୁ ଓ ପାଲଟୁ ଭାବିଲେ ଏମାନଙ୍କୁ କୃଷିକାମ ଶିଖାଇଲେ ଖୁବ୍ ଭଲ ହେବ । ଏଠି ସେଠି ଉଠିଥିବା ଫଳଗଛର ଋରାମାନଙ୍କୁ ମାଟି ସହ ଉପାଡ଼ି ଆଣି ସେମାନେ ସ୍ୱତନ୍ତ୍ର କିଆରିରେ ଲଗାଇଲେ । ସେଥିରେ ଖତ ଦେଲେ, ପାଣି ଦେଲେ । ଦେଖୁ ଦେଖୁ ସମସ୍ତଙ୍କ ବାଡ଼ିବଗିଚାରେ ସବୁଜ ଫସଲ ହସିଉଠିଲା । ଜଙ୍ଗଲୀ ଲୋକମାନେ ସାହସୀ ଆଉ କର୍ମଠ । ତାଙ୍କୁ କାମରେ ଲଗାଇବା ହେଲା ଅସଲ କାମ । ସେ କାମ କରୁଥାନ୍ତି ଓଲଟୁ, ପାଲଟୁ ଆଉ ଢୋଲ୍‌କି । ସେମାନେ ମଧ୍ୟ ଗାଈ, ଛେଳି ଘରେ ପାଳିବାକୁ ଆରମ୍ଭ କଲେ । ସମୁଦ୍ର ଜଳରୁ ଲୁଣମାରି ଖାଦ୍ୟପଦାର୍ଥକୁ ରାନ୍ଧି ଖାଇବା ମଧ୍ୟ ସେମାନେ ଶିଖିଲେ । ଜଙ୍ଗଲରେ ଅନେକ କପା ଗଛ । କପାସବୁ ଫାଟି ଏଣେତେଣେ ପଡ଼ି ନଷ୍ଟ ହୁଏ । ସେଥିରୁ ସୂତା କାଟି ଲୁଗା ତିଆରି କରିବା କାମ ଶିକ୍ଷକ ମୋହନ ସମସ୍ତଙ୍କୁ ଶିଖାଇଲା । ସେମାନେ ଆଗ୍ରହରେ ନିଜ ହାତରେ ଲୁଗା ତିଆରି କରି ପିନ୍ଧିଲେ । ଧୀରେ ଧୀରେ ସୁନ୍ଦର ଶାନ୍ତିପୂର୍ଣ୍ଣ ସମାଜଟିଏ ଗଢ଼ିଉଠିଲା ।

ବୁଢ଼ାବୁଢ଼ୀ ସ୍କୁଲ୍‌ରେ ପଢ଼ିଲେ

ତା'ପରେ ପ୍ରଧାନ କାମ ହେଲା ସ୍କୁଲ୍ ଓ ପାଠପଢ଼ା । ଓଲଟୁ, ପାଲଟୁ ଓ ଢୋଲକି କିଛି ପାଠ ପଢ଼ିଛନ୍ତି । ମୋହନ ମଧ୍ୟ ପାଠ ପଢ଼ିଛି । ସେମାନେ ସ୍କୁଲ୍ ଖୋଲି ଜଙ୍ଗଲୀ ପିଲାମାନଙ୍କୁ ପାଠପଢ଼ା ଶିଖାଇଲେ । ଢୋଲକି ଓଡ଼ିଶୀ ନାଚ ଗୀତ ମଧ୍ୟ ଶିଖାଇଲା । ସେମାନଙ୍କର ନାଚ ଗୀତ ମଧ୍ୟ ନିଜେ ଶିଖିଗଲା । ପାଠପଢ଼ା ସଙ୍ଗେ ସଙ୍ଗେ ହାତକାମ ମଧ୍ୟ ଶିଖିଲେ ସମସ୍ତେ । ମୋହନ ଅନେକ ହାତକାମ ଶିଖିଥିଲା । କାଠରେ ଖଟ, ଚଉକି, ଟେବୁଲ୍ ଇତ୍ୟାଦି ତିଆରି ହେଲା । ସପ,

ମସିଣା ମଧ୍ୟ ତିଆରି ହେଲା । ଛୋଟ, ଖଡ଼ିକାରେ ମଧ୍ୟ କେତେ ଜିନିଷ ତିଆରି ହେଲା । ଜଙ୍ଗଲୀ ଲୋକମାନେ ମହାଖୁସୀ । କାଦୁଆ କଳାମାଟିରେ ସ୍ଲେଟ୍ ତିଆରିକରି ତାକୁ ପୋଡ଼ି ଧଳାପଥରରେ ଖଡ଼ି ତିଆରିକରି ପାଠପଢ଼ା ଖେଳିଲା । ବୁଢ଼ାବୁଢ଼ୀମାନେ ମଧ୍ୟ ଛାଡ଼ ଗଲେ ନାହିଁ । ଢୋଲକି ଘରେ ଘରେ ପଶି ସମସ୍ତଙ୍କୁ ଟାଣିଆଣିଲା । ସମସ୍ତେ ଅକ୍ଷର ଶିଖିଲେ । ଅଳ୍ପ ବହୁତ ପାଠ ଲେଖିଲେ । ହାତକାମ କରି କେତେ ଜିନିଷ ତିଆରି କଲେ । ନିଜ ହାତ ତିଆରି ଜିନିଷ ନିଜେ ଦେଖି ସେମାନେ ଯେତିକି ଆଶ୍ଚର୍ଯ୍ୟ ହେଲେ ସେତିକି ଖୁସି ହେଲେ ।

ବର୍ତ୍ତମାନ ସେମାନେ ଢୋଲକି ଇତ୍ୟାଦିଙ୍କ ଭାଷା ବୁଝିପାରୁଥିଲେ ଓ ସେମାନଙ୍କର ଭାଷା ମଧ୍ୟ ଏମାନେ ଅଳ୍ପ ଅଳ୍ପ ବୁଝିପାରୁଥିଲେ । ପରସ୍ପରକୁ ବୁଝିବା ପାଇଁ ଆଉ କିଛି ଅସୁବିଧା ନଥିଲା ।

ସେଇ ଜଙ୍ଗଲୀ ଲୋକମାନେ କେତେପ୍ରକାର ଗଛର ଚେର, ମୂଳ, ଫୁଲ, ଫଳରୁ ଔଷଧ ତିଆରି ଜାଣିଥିଲେ । ଦୃଷ୍ଟିହୀନ ପିଲାମାନଙ୍କ ଆଖିରେ ଔଷଧ ପକାଇବାରୁ କେତେକଙ୍କର ଦୃଷ୍ଟିଶକ୍ତି ଫେରିଆସିଲା । କେତେକ ଅଳ୍ପ ଅଳ୍ପ ଦେଖିପାରିଲେ । ଗୋଟାଏ ଗଛର ପତ୍ରକୁ ବାଟି ଛୋଟ ପିଲାଙ୍କ ଗୋଡ଼ରେ ମାଲିସ୍ କରିବାରୁ ସେମାନେ ମଧ୍ୟ ଦୁଇଗୋଡ଼ ଲଗାଇ ଖେଳିପାରିଲେ । ସେମାନେ ଏମିତି ରହୁ ରହୁ ଅନେକଦିନ ରହିଗଲେ ।

ସେଇ ଛୋଟ ଦ୍ୱୀପରେ ସେମାନେ କୋଇଲା ଏବଂ ପେଟ୍ରୋଲିୟମ୍ ଖଣିର ସନ୍ଧାନ ପାଇଲେ । ଆହୁରି ଅନେକ ମୂଲ୍ୟବାନ ଧାତୁର ଖଣିସବୁ ଅଛି ବୋଲି ସେମାନେ ଜାଣିପାରିଲେ । ସେଇସବୁ ସ୍ଥାନମାନଙ୍କରେ ଗୋଟିଏ ଗୋଟିଏ ପତାକା ପୋତିଦେଲେ ଭବିଷ୍ୟତରେ କାମରେ

ଆସିବା ପାଇଁ। ଅନେକ ମୂଲ୍ୟବାନ ଔଷଧ ଗଛ, ରବର ଗଛ ଇତ୍ୟାଦି ମଧ୍ୟ ସେଠାରେ ଭର୍ତ୍ତି ହୋଇଥିଲା। କିନ୍ତୁ ଏମାନେ ତ ଅଧାପାଠୁଆ। ସ୍କୁଲରୁ ପାଠ ଛାଡ଼ି ବଣଭୋଜି କରିବାକୁ ଯାଇ ଏ ଅଜଣା ଦ୍ୱୀପରେ ଆସି ପହଞ୍ଚିଛନ୍ତି। ତାଙ୍କର ଯେତିକି ବିଦ୍ୟାବୁଦ୍ଧି ଥିଲା ସବୁତକ ସେ କାମରେ ଲଗାଇ ସାରିଲେଣି। ବର୍ତ୍ତମାନ ଭାବୁଛନ୍ତି, ଆହା! ଆଉ ବେଶୀ ପାଠ ପଢ଼ିଥିଲେ ଏଇ ଜିନିଷଗୁଡ଼ାକ କାମରେ ଲଗାଇ ପାରିଥାନ୍ତେ। ପାଲ୍‌ଟୁ କହିଲା– "ଆହା! ମୁଁ ଗୋଟାଏ ବୈଜ୍ଞାନିକ ହୋଇଥାନ୍ତି କି – ଏ ଦ୍ୱୀପର ଖଣିଜସମ୍ପଦ, ବଣ୍ୟସମ୍ପଦକୁ କାମରେ ଲଗାଇ କେତେ ସୁଖରେ ସମସ୍ତଙ୍କୁ ରଖିଥାନ୍ତି।"

ଓଲ୍‌ଟୁ କହିଲା – "ମୁଁ ଯଦି ଗୋଟିଏ ଇଞ୍ଜିନିୟର୍ ହୋଇଥାନ୍ତି ଏଇ ଦ୍ୱୀପରେ କେତେ କୋଠାଘର, ପୋଲ, ରାସ୍ତା, କଳକାରଖାନା ବସାଇଥାନ୍ତି। ରାସ୍ତାଘାଟ, ପୋଲ ଇତ୍ୟାଦି ନ ଥିବାରୁ କେତେକ ଅଞ୍ଚଳକୁ ଆମେ ଆଦୌ ଯାଇପାରୁ ନାହୁଁ ଏବଂ ସେମାନେ ସେମିତି ଜଙ୍ଗଲୀ ମୂର୍ଖ ହୋଇ ରହିଯାଇଛନ୍ତି।"

ଢୋଲ୍‌କି କହିଲା– "ମୁଁ ଯଦି ବେଶୀ ପାଠପଢ଼ି ଡାକ୍ତରାଣୀ ହୋଇଥାନ୍ତି ତେବେ ଏ ଦ୍ୱୀପରେ କେହି ଆଉ ରୋଗରେ କଷ୍ଟ ପାଉ ନଥାନ୍ତେ। ଏ ଜଙ୍ଗଲର ମୂଲ୍ୟବାନ ଗଛରୁ ମୁଁ ଖୁବ୍‌ ଉପକାରୀ ଔଷଧପତ୍ର ତିଆରି କରୁଥାନ୍ତି।" ଏତେବେଳକେ ସମସ୍ତଙ୍କ ମୁଣ୍ଡରେ ଚେତା ପଶିଲା ଯେ ପାଠ କେତେ ଦରକାରୀ ଜିନିଷ। ସେତେବେଳେ ବାପାବୋଉଙ୍କ ଉପଦେଶ ଶୁଣି ଚିଡ଼ି ମାଡୁଥିଲା। ଶିକ୍ଷକଙ୍କ ପାଠପଢ଼ା ଶୁଣି ଶୁଣି ବିରକ୍ତ ଲାଗୁଥିଲା। ସେଇଥିପାଇଁ ମୁଣ୍ଡ ଉପରେ ପରୀକ୍ଷା ଥିଲେ ମଧ୍ୟ ସେମାନେ ବଣଭୋଜି କରିବା ପାଇଁ ଖସି ଆସିଥିଲେ।

ଆଜି ବୁଝୁଛନ୍ତି ପାଠର ମୂଲ୍ୟ ଜୀବନରେ କେତେ ବେଶୀ। ତାଙ୍କରି ଆଖି ଆଗରେ ଏ ଦ୍ୱୀପର ସବୁ ସମ୍ପଦ ଥୁଆ ହେଇଛି। ମାତ୍ର ବିଦ୍ୟା, ବୁଦ୍ଧି ଅଭାବରୁ ସେମାନେ ତାକୁ କୌଣସି କାମରେ ଲଗାଇ ନପାରି ବଣମଣିଷଙ୍କ ଭଲି ପେଟକୁ ମୁଠାଏ ଖାଇ ବଞ୍ଚିରହିଛନ୍ତି। ତିନିଜଣଯାକ ମନେ ମନେ ପାଠକୁ ଝୁରି ହେଲେ ମଧ୍ୟ ଆଉ କିଛି ଉପାୟ ନାହିଁ।

ଏବେ ସ୍କୁଲ୍‌ମାନଙ୍କରେ ପିଲାସଂଖ୍ୟା ହୁ ହୁ ହୋଇ ବଢ଼ିଚାଲିଛି। ସବୁ ଜଙ୍ଗଲୀ ପିଲାମାନେ ପାଠପଢ଼ାରେ ମନପ୍ରାଣ ଢାଲି ଦେଇଛନ୍ତି। କିନ୍ତୁ ଏମାନଙ୍କର ଯେତିକି ପାଠ ସେତିକି ସିନା ପଢ଼ାଇବେ। ତା' ଉପରକୁ ଆଉ ପଢ଼ାଇବେ କୋଉଠୁ? ଜଙ୍ଗଲୀ ଲୋକ ତ ଯାହା ବୁଝିବେ ସେଇଆ। ସେମାନେ ଜିଦ୍ ଧରିଛନ୍ତି "ଆଉ ପଢ଼ିବୁ, ଆଗକୁ ମାଡ଼ିଯିବୁ। ଆମକୁ ଆଉ ନୂଆ ନୂଆ ପାଠ ପଢ଼ାଅ। ଆମେ ବି ଉଡ଼ାଜାହାଜରେ ଉଡ଼ିବୁ ଏବଂ ବୁଡ଼ାଜାହାଜରେ ବୁଡ଼ିବୁ। ନଈ, ନାଳ, ହ୍ରଦର ପାଣିକୁ ମନଇଚ୍ଛା ଋଷଜମିରେ ମଡ଼ାଇ ବର୍ଷକ ବାରମାସ ଫସଲ କରିବୁ। ସମସ୍ତେ ପଢ଼ିବୁ, ସମସ୍ତେ ଖଟିବୁ, ସମସ୍ତେ ସୁଖରେ ରହିବୁ।" ଏ ତ ମହାଅସୁବିଧା କଥା ହେଲା। ଓଲଟୁ, ପାଲଟୁ ଆଉ ଢୋଲକିଙ୍କର ପଣ୍ଡିତପଣିଆ ତ ଏଥର ପଦାରେ ପଡ଼ିଯିବ। ସେମାନଙ୍କ ବିଦ୍ୟା ବୁଦ୍ଧି ଯେ ବେଶିବାଟ ନୁହେଁ ସେକଥା ଏଥର ଜଣାପଡ଼ିଯିବ। ତେବେ କରିବେ କ'ଣ?

ପାଲଟୁ ତ ମହାକୁହାଲିଆ। ସେ କହିଲା— "ତେବେ ଋଲ ସେମାନଙ୍କୁ କହିଦେବା ତମର ପାଠ ସରିଗଲା। ତମେ ଏଥର ପୃଥିବୀର ସବୁପାଠ ଶେଷ କରିଦେଲ। ଆମେ ତମକୁ ସେଇ ସାର୍ଟିଫିକେଟ୍ ଦେଇଦବୁ।"

ଓଲଟୁ ରାଗିଗଲା । କହିଲା – "ତୋର ଝଲ୍‌ବାଜି କଥା କିନ୍ତୁ ଏଠି ପଟିବ ନାହିଁ । ସାର୍ଟିଫିକେଟ୍‌ରେ ବନ୍ଧେଇକରି ପାଠକୁ ଘରକାନ୍ତରେ ଟାଙ୍ଗିଦେଇ ସନ୍ତୁଷ୍ଟ ହୁଅନ୍ତି ଆମରି ଭଲି ଅକର୍ମାମାନେ । କ'ଣ ନା, ଆମେ ଏତେ ପାଠ ପଢ଼ିଛୁ – ଏମିତି ବିଶି ପଣ୍ଡିତ ହୋଇଛୁ – ସରକାର ଆମକୁ ଝିକିରି ଦେଲେନି । କ'ଣ ଆଉ କରିବୁ ? ବେକାର ହୋଇ ବୁଲୁଛୁ । ସରକାରଙ୍କର ସବୁ ଦୋଷ । ଆମକୁ ଝିକିରି ଦେଲେ ଆମେ ସିନା କାମ କରନ୍ତୁ! ହେଲେ ଏମାନେ କାମିକା ଲୋକ । ପାଠର ସାର୍ଟିଫିକେଟ୍‌କୁ ମୁକୁଟକରି ମୁଣ୍ଡରେ ବାନ୍ଧି ମନେ ମନେ ବାହାବା ନେଇ ଅକର୍ମା ହୋଇ ବୁଲିବା ଏମାନଙ୍କ ଦ୍ୱାରା ହେବନି । ଏମାନେ ଝିହାନ୍ତି ପାଠକୁ କାମରେ ଲଗାଇବେ । ଏଇ ଦ୍ୱୀପରେ ଥିବା କଞ୍ଜାମାଲ୍‌କୁ ବିଭିନ୍ନ କାମରେ ଲଗାଇ ଉନ୍ନତି କରିବେ । ପାଠ ପଢ଼ିଲେ ଆମ ଦେଶର ପିଲାମାନେ ଅଳସୁଆ ହୁଅନ୍ତି । ଫାଙ୍କା ବାବୁଗିରି ଦେଖାନ୍ତି । କିନ୍ତୁ ଏମାନେ ଯେତିକି ପାଠ ପଢ଼ୁଛନ୍ତି ସେତିକିରେ ପୂର୍ବ ଅପେକ୍ଷା ଅଧିକା ଖଟୁଛନ୍ତି । ଜୀବନର ପ୍ରତି ପାଦେ ପାଦେ ପାଠକୁ କାମରେ ଲଗାଉଛନ୍ତି । କୃଷିକାର୍ଯ୍ୟ, କୁଟୀରଶିଳ୍ପ, ସ୍ୱାସ୍ଥ୍ୟରକ୍ଷା, ପରିଷ୍କାର ପରିଚ୍ଛନ୍ନତା ଦିଗରେ ଏମାନେ କେତେ ଆଗେଇ ଗଲେଣି । ଏଠାରେ ଅଳସୁଆଙ୍କର ସ୍ଥାନ ନାହିଁ । ତେଣୁ କିଛି ଗୋଟାଏ ଉପାୟ ଚିନ୍ତାକରି ଏମାନଙ୍କୁ ବୁଝାଇ ଦେବାକୁ ହେବ ଯେ ଆମ ପାଠ ମଧ ସରିନାହିଁ । ଜୀବନରେ ପାଠ କେବେହେଲେ ସରେ ନାହିଁ । ପାଠର ଶେଷ ନାହିଁ ।"

ସବୁଜ ଦ୍ୱୀପରେ ଛାତ୍ର ଆନ୍ଦୋଲନ

ସେଦିନ ଓଲଟୁ, ପାଲଟୁ, ଢୋଲକି ଏବଂ ଶିକ୍ଷକ ମୋହନ ଦେଖିଲେ ସ୍କୁଲରେ କେହି ଛାତ୍ର ନାହାନ୍ତି। କଥା କ'ଣ? ପାଠ ପଢ଼ିବା ପାଇଁ ବାଇଆ ହେଉଥିବା ପିଲାଗୁଡ଼ା ସ୍କୁଲକୁ ନ ଆସି ଗଲେ କୁଆଡ଼େ?

ଏତିକିବେଳେ ବାହାରେ ପାଟି ଶୁଭିଲା। ସମସ୍ତେ ବାହାରକୁ ଆସି ଦେଖିଲେ ପିଲାମାନେ ଧାଡ଼ି ବାନ୍ଧି ଚାଲିଛନ୍ତି ଓ ବଡ଼ ପାଟିରେ ସ୍ଲୋଗାନ ଦେଉଛନ୍ତି। ସ୍ଲୋଗାନଗୁଡ଼ିକ ହେଲା— ଆମକୁ 'ବେଶୀ ପାଠ ପଢ଼ାଅ', 'ଆମକୁ ନୂଆ ପାଠ ପଢ଼ାଅ', ଆମେ 'ବଡ଼ ମଣିଷ ହେବୁ', 'ଆମେ

ପୃଥିବୀର ସବୁ ଦେଶର ଲୋକଙ୍କ ସହ ପାଦ ମିଳାଇ ଚାଲିବୁ’ ।

ଓଲ୍‌ଟୁ, ପାଲ୍‌ଟୁ ଓ ଢୋଲ୍‌କି ଆଶ୍ଚର୍ଯ୍ୟ ହେଇଗଲେ । ଏଇ ସରଳମତି ଜଙ୍ଗଲୀ ବାଳକ ବାଳିକାଙ୍କୁ ଏ ଆନ୍ଦୋଳନ ଶିଖାଇଲା କିଏ ? ସେମାନେ ଯେଉଁଥିପାଇଁ ଆନ୍ଦୋଳନ କରୁଛନ୍ତି ତା’ର ଉଦ୍ଦେଶ୍ୟ ନିଶ୍ଚୟ ମହତ । କିନ୍ତୁ ଆନ୍ଦୋଳନରେ ତ ତାଙ୍କର ଉଦ୍ଦେଶ୍ୟ ପୂର୍ଣ୍ଣ ହେବ ନାହିଁ । ସ୍କୁଲକୁ ନ ଆସି ରାସ୍ତାରେ ସ୍ଲୋଗାନ୍‌ଦେଇ ବୁଲିଲେ ‘ନୂଆ ପାଠ’, ‘ବେଶି ପାଠ’ ପଢ଼ିବେ କେଉଁଠୁ ? ‘ବଡ଼ ମଣିଷ ହେବେ କିପରି ?’ ବର୍ତ୍ତମାନ ସେମାନଙ୍କର ପାଠ ପଢ଼ିବାର ବୟସ । ଏ ବୟସରେ ଆନ୍ଦୋଳନ ନାଁରେ ସମୟକୁ ଅଯଥାରେ ବରବାଦ କରିଦେଲେ କାଲି ହୁଏତ ଆନ୍ଦୋଳନ ଥମିଯିବ । ସବୁକିଛି ଠିକ୍ ହୋଇଯିବ । କିନ୍ତୁ ‘ଆଜି’ର ଏଇ ସମୟ ତ ‘କାଲି’କୁ ଫେରିଆସିବ ନାହିଁ ।

ଏ ସତ୍ୟାନାଶ ବୁଦ୍ଧି ଏ ପିଲାମାନଙ୍କ ମୁଣ୍ଡରେ ପଶିଲା କେଉଁଠୁ ? ସେମାନେ ଦେଖିଲେ ଧାଡ଼ିର ସବା ଆଗରେ ବାହାଦୁର ଚାଲିଛି ଛାତ୍ରନେତା ଭଳି । ବାହାଦୁରର ପଛେ ପଛେ କେତେଜଣ ନିଜ ଦଳର ବାଳକ ବାଳିକା । କଥାଟା ଏବେ ପରିଷ୍କାର ହେଇଗଲା । ଏ ବୁଦ୍ଧି ବାହାରିଛି ତାଙ୍କ ମୁଣ୍ଡରୁ । ସେମାନେ ନିଜ ଦେଶରେ ପ୍ରତି କଥାରେ ଛାତ୍ର ଆନ୍ଦୋଳନ ଦେଖି ଆସିଛନ୍ତି । ଆନ୍ଦୋଳନର ଅର୍ଥ ଓ ଉଦ୍ଦେଶ୍ୟ ବୁଝନ୍ତୁ କି ନ ବୁଝନ୍ତୁ ସେମାନେ ପର ବୁଦ୍ଧିରେ ପଡ଼ି ମାସ ମାସ ଧରି ସ୍କୁଲ୍ ଯାଆନ୍ତି ନାହିଁ । ପାଠ ପଢ଼ନ୍ତି ନାହିଁ । ଦାବି ପୂରଣ ପାଇଁ ସେମାନେ ଭଙ୍ଗାରୁଜା, ବସ୍ ପୋଡ଼ି, ଘରପୋଡ଼ି ଇତ୍ୟାଦି କାମ କରନ୍ତି । ତା’ ଦ୍ୱାରା ସେମାନେ ଯେ ନିଜର ଦୁର୍ଲଭ ଛାତ୍ର ଜୀବନର ଅମୂଲ୍ୟ ସମୟ ନଷ୍ଟ କରୁଛନ୍ତି ବୁଝିପାରନ୍ତି ନାହିଁ । ଦେଶ

କାହାର ? ଦେଶର ସମ୍ପତ୍ତି କାହାର ? ସବୁ ତ ଆମର । ନଷ୍ଟ କଲେ ଆମରି ତ ନଷ୍ଟହେବ । ଏ ସବୁ କଥା ଓଲଟୁ, ପାଲଟୁଙ୍କର ବାପା ମା' ବୁଝାଉଥିବା ବେଳେ ତାଙ୍କ ମୁଣ୍ଡରେ ପଶୁ ନଥିଲା । ସମସ୍ତଙ୍କ ସଙ୍ଗେ ସ୍କୁଲ୍‍ ଛାଡ଼ି ହରତାଲ କରିବା ପାଇଁ ସେମାନେ ସକ ସକ ହେଉଥିଲେ । କିନ୍ତୁ ଆଜି ନିଜ ଉପରେ ଏଇ ସବୁଜ ଦ୍ୱୀପର ସମସ୍ତ ଶାନ୍ତି ଶୃଙ୍ଖଳା ଏବଂ ପ୍ରଗତିମୂଳକ କାର୍ଯ୍ୟର ଦାୟିତ୍ୱ ପଡ଼ିଥିବାରୁ ସେମାନେ ବାପା ମାଆ ଏବଂ ଶିକ୍ଷକଙ୍କର ଉପଦେଶର ଅସଲ ଅର୍ଥ ବୁଝିପାରିଲେ ।

ତେବେ ସେମାନେ ଏତିକି ଖୁସି ହେଲେ ଯେ ତାଙ୍କ ଦେଶରେ ଛାତ୍ରମାନେ ସ୍ଲୋଗାନ ଦିଅନ୍ତି— 'ପରୀକ୍ଷା ଉଠାଇ ଦିଅ', 'ପରୀକ୍ଷା ନ କରି ସମସ୍ତଙ୍କୁ ପ୍ରମୋଶନ ଦେଇଦିଅ' । କିନ୍ତୁ ଏଠାରେ ଛାତ୍ରମାନେ ସ୍ଲୋଗାନ ଦେଉଛନ୍ତି— 'ବେଶି ପାଠ ପଢ଼ାଅ', 'ନୂଆ ପାଠ ପଢ଼ାଅ ।'

ପାଲଟୁ କହିଲା— "ଭାଇ, ଏ ଛାତ୍ର ଆନ୍ଦୋଲନକୁ ବନ୍ଦ କରିବା ପାଇଁ ସବୁ ସ୍କୁଲ୍‍ ଅନିର୍ଦ୍ଦିଷ୍ଟ କାଲ ପାଇଁ ବନ୍ଦ କରିଦିଅ ।" ଓଲଟୁ ଜଣେ ପୁରୁଖା ନେତାଙ୍କ ଭଳି କହିଲା— "ଭୟାଳୁ ଲୋକ ସେଭଳି କାମ କରନ୍ତି । ଡରିଲେ ଡର ବେଶି ଗୋଡ଼ାଏ । ସେମାନଙ୍କୁ କଥାଟା ବୁଝାଇ ଦେବାକୁ ହେବ । ଛାତ୍ର-ଶିକ୍ଷକ, ଛାତ୍ର ଓ ସରକାରଙ୍କ ମଝିରେ ବୁଝାମଣାର ଅଭାବ ଯୋଗୁଁ ସବୁ ବିଶୃଙ୍ଖଳା ସୃଷ୍ଟି ହେଉଛି । ଆମେ ତାଙ୍କୁ ସାମ୍ନା କରିବା; ସବୁକଥା ବୁଝାଇଦେବା । ବୁଝାଇଦେଲେ ପଶୁ ଯଦି ବୁଝିଯାଏ ମଣିଷ ବୁଝିବ ନାହିଁ କାହିଁକି ?"

ମୋହନ କହିଲା— "ସେମାନଙ୍କୁ ଗୁଲି କରି ଗୋଟିଏ ଦୁଇଟାଙ୍କୁ ଜଖମ କରିଦିଅ । ଏପର୍ଯ୍ୟନ୍ତ ଭଙ୍ଗା ଜାହାଜ ଆଉ ଲଞ୍ଚରେ ଗୁଲିଭରା ବନ୍ଦୁକ ଥୁଆ ହୋଇଛି । ଏ କେତେଦିନ ହେଲା ଆମରି ଦିବ୍ୟାଙ୍ଗ

ଛାତ୍ରମାନେ ଅଧିକ ସୁବିଧା ଓ ଉନ୍ନତ ଶିକ୍ଷା ପ୍ରଣାଳୀ ପାଇଁ ଦାବିକରି ଆସୁଛନ୍ତି । ସେଇମାନେ ହେଉଛନ୍ତି ଏ ଆନ୍ଦୋଳନର ମୂଳ ।

ଢୋଲ୍‌କି ବାହାରିପଡ଼ି କହିଲା— "ମୋହନଭାଇ; ତମଠାରୁ ଏଭଳି ପରାମର୍ଶ ଆଶା କରାଯାଏ ନାହିଁ । ବନ୍ଧୁକ ମୁନରେ ଜଙ୍ଗଲର ଜାନୁଆରଙ୍କୁ ମଧ ଶାସନ କରାଯାଏ ନାହିଁ । ମଣିଷ ପିଲାଙ୍କୁ ବନ୍ଧୁକ ମୁନରେ କିପରି ଶାସନ କରିବା ? କେତେ ମୂଲ୍ୟବାନ ଏଇ ମଣିଷର ଜୀବନ । ଯେଉଁ ଜୀବନ ଆମେ ଦେଇପାରିବା ନାହିଁ ତାକୁ ନେବାର ଅଧିକାର ଆମକୁ ଦେଲା କିଏ ? ମୋ ଉପରେ ସବୁକଥା ଛାଡ଼ିଦିଅ ମୁଁ ସବୁ ସମ୍ଭାଳିନେବି ।"

ଡରୁକୁଲୀ ଅଳିଅଳି ଭଉଣୀ ଢୋଲ୍‌କିର କଥା ଶୁଣି ଦୁଇଭାଇ ଓ ମୋହନ ଅବାକ୍ ହୋଇଗଲେ ।

ଛାତ୍ର ପଟୁଆର ସ୍କୁଲ୍ ସାମ୍ନାରେ ପହଞ୍ଚିଗଲା । ସବା ଆଗରେ ବାହାଦୁର । ସ୍ଲୋଗାନ ସଙ୍ଗେ ସେ ମଧ ଭୋ ଭୋ ହୋଇ ଭୁକିଉଠି ନିଜର ସମର୍ଥନ ଜଣାଉଥାଏ । ଢୋଲ୍‌କି ପଦାକୁ ବାହାରିପଡ଼ି ସମସ୍ତଙ୍କ ଆଗରେ ଠିଆ ହୋଇଗଲା ।

ଓଲ୍‌ଟୁ ଓ ପାଲ୍‌ଟୁ ଭାବିଲେ— ଆହା ! ଆମର ଏ ଛାତ୍ର ସମାଜ ଏଇ ନିରୀହା ବାହାଦୁର ଭଳି ସରଳ ଓ ନିର୍ବୋଧ । ସେମାନେ ଆନ୍ଦୋଳନର ଅର୍ଥ ବୁଝନ୍ତି ନାହିଁ । ଅନ୍ୟ କେହି ସ୍ୱାର୍ଥ ସାଧନ ପାଇଁ ସେମାନଙ୍କୁ ଆଗରେ ରଖି ନିଜେ ଅନ୍ତରାଳରେ ରହି ସବୁକିଛି କରେ । କିନ୍ତୁ ଗୁଲିମାଡ଼ ଖାଏ ସାମ୍ନାରେ ଠିଆ ହୋଇଥିବା ନିରୀହ ଛାତ୍ର । ଆଜି ଯଦି ଗୁଲିକରିବାକୁ ହୁଏ ଆଗ ଟଳିପଡ଼ିବ ଏଇ ହୁଣ୍ଟା ବାହାଦୁର । ଯାହାର କିଛି ଦୋଷ ନାହିଁ । ତା' ଦେହରେ ବଳ ଅଛି, ତା' ମନରେ ସାହସ

ଅଛି, ଉସ୍ଵାହ ଅଛି । ସେଇଥିପାଇଁ ତାକୁ ସମସ୍ତେ ଆଗରେ ରଖିଥାନ୍ତି । କାମ କରିବା ପାଇଁ ବାହାଦୁରର କୁଣ୍ଠା ନାହିଁ । ଭଲ କାମ କିଏ, ମନ୍ଦ କାମ କିଏ ସେକଥା ତାକୁ ବା କେମିତି ଜଣା ହେବ ? ତାକୁ ବାଟ କଡ଼ାଇବାର ଦାୟିତ୍ୱ ତ ବଡ଼ମାନଙ୍କର । ବାପା, ମାଆ, ଶିକ୍ଷକଙ୍କର ।

ଢୋଲକି ସମସ୍ତଙ୍କ ସାମ୍ନାରେ ଠିଆ ହେଲା । ହସ ହସ ମୁହଁରେ ସମସ୍ତଙ୍କୁ ସ୍ଵାଗତ ଜଣାଇଲା । ସମସ୍ତେ ଚିକ୍ତାର କଲେ – “ଆମେ ନୂଆ ପାଠ ପଢ଼ିବୁ, ନୂଆ ସମାଜ ଗଢ଼ିବୁ ।”

ଢୋଲକି କହିଲା– “ଆପଣମାନଙ୍କର ଦାବି ଯଥାର୍ଥ । ତାହା ନିଶ୍ଚୟ ପୂରଣ ହେବ ।”

– କେବେ ପୂରଣ ହେବ ? ଛାତ୍ରମାନେ ପଚରିଲେ ।

– ସେକଥା ଆପଣମାନଙ୍କର ହାତରେ । ଢୋଲକି ଶାନ୍ତକଣ୍ଠରେ କହିଲା ।

– କେମିତି ? ଛାତ୍ରମାନେ କହିଲେ ।

ଢୋଲକି ଶାନ୍ତକଣ୍ଠରେ କହିଲା– “ତମେମାନେ ସ୍କୁଲରେ ନ ବସି ରାସ୍ତାରେ ଆନ୍ଦୋଳନ କରି ବୁଲିଲେ ନୂଆ ପାଠ ପଢ଼ିବ କ’ଣ ? ପୁରୁଣା ପାଠକୁ ତ ପୋଡ଼ି ଖାଇବ । ପୁରୁଣା ପାଠକୁ ଯେତେ ପଢ଼ିବ ସେଥିରୁ ନୂଆ ନୂଆ ପାଠ ବାହାରିପଡ଼ିବ ।”

ଦଳେ ଛାତ୍ର କହିଲେ– “ଆମେ ସେକଥା ଜାଣୁନାହୁଁ । ଆମର ନୂଆ ପାଠ ଦରକାର । ନୂଆ ସ୍କୁଲ୍ ଦରକାର । ଏ ପୁରୁଣା ସ୍କୁଲକୁ ଆମେ ଭାଙ୍ଗିରୁଜି ଦେବୁ ।”

ଢୋଲ୍‌କି ମଧୁରକଣ୍ଠରେ କହିଲା– “ଏ ସ୍କୁଲ୍‌ ଘର କିଏ ତିଆରି କରିଥିଲା ? ବିନ୍ଦୁ ବିନ୍ଦୁ ଝାଳ ବୁହାଇ ମାଟି ଚକଟି କିଏ ଏ ଘରର କାନ୍ଥ ଉଠାଇଥିଲା ?”

– ଆମେ ? ସମସ୍ତ ଛାତ୍ର ଏକସ୍ୱରରେ କହିଲେ ।

– ତେବେ ତମର ହାତଗଢ଼ା ଜିନିଷକୁ ତମେ ଭାଙ୍ଗିବାକୁ ଯାଉଛ । ଏ ଘର ଭାଙ୍ଗିଦେଲେ ଆଉ ଗୋଟିଏ ଘର ତମକୁ ହିଁ ଗଢ଼ିବାକୁ ହେବ । କ୍ଷତି କାହାର ? ତମର ନା ଆମର ? ଆମେ ତ ତମ ଦ୍ୱୀପର ଅତିଥି । ଆଜି ଅଛୁ କାଲି ସୁବିଧା ମିଳିଲେ ଆମ ଦେଶକୁ ଫେରିଯିବୁ । ତମ ଦ୍ୱୀପ ତମେ ଭାଙ୍ଗିଲେ ଭାଙ୍ଗିବ, ଗଢ଼ିଲେ ଗଢ଼ିବ । ଆମେ କାହିଁକି ତମକୁ ମନା କରିବୁ ? ତମରି ଜିନିଷ ତମେ ଭାଙ୍ଗିରୁଜି ନଷ୍ଟ କଲେ ତମର କ୍ଷତି ହେବ ।

ପିଲାମାନଙ୍କ ମୁହଁରୁ ଆଉ କଥା ବାହାରିଲା ନାହିଁ । ସତକଥା ତ ! ନୂଆ କଥା ପାଇଁ ଦାବିକରି ପୁରୁଣାକଥା ତ ଭାଙ୍ଗିଦିଆ ଯାଏନି । ପୁରୁଣାକୁ ନେଇ ନୂଆ ଜିନିଷ ଗଢ଼ାଯାଏ ।

ଢୋଲ୍‌କି ପୁଣି କହିଲା– “ନୂଆ ବୁଦ୍ଧି ତମରି ମୁଣ୍ଠ ଭିତରେ ଅଛି । ତମେ ଏ ପାଠକୁ କାମରେ ଲଗାଇଲେ ନୂଆ ନୂଆ କଥା ଗଢ଼ିବ । ଏ ରାଇଜକୁ ନୂଆ କରିଦେବ । ଦାବିକରି ହରତାଲ କରୁଛ କାହା ପାଖରେ ? ଏ ରାଇଜ ଗଢ଼ିବାର ଦାୟିତ୍ୱ ତ ତମ ନିଜର । ତମେମାନେ ଛାତ୍ର । ପାଠ ପଢ଼ିବା ତମର କର୍ତ୍ତବ୍ୟ । କର୍ତ୍ତବ୍ୟରେ ଅବହେଲା କରି କେହି କେବେ ବଡ଼ ହେଲାଣି ? ତମ ମୁଣ୍ଠରେ କିଏ ଏମିତି ବୁଦ୍ଧି ଦେଲା ?”

ସମସ୍ତେ ମୁହଁ ରୁହାଁରୁହାଁ ହେଲେ । ଏତିକି ଟିକିଏ ଝିଅ, କେଡ଼େ

ସୁନ୍ଦର କଥାଟା ତାଙ୍କୁ ବୁଝାଇଦେଲା ? ଓଲ୍ଟୁ, ପାଲ୍ଟୁ ବି କାବା ହେଲେ। ଏଇ ଢୋଲକି କାଲି ସକାଳେ କିଛି ନ ବୁଝି ନ ଶୁଣି ସାଙ୍ଗପିଲାଙ୍କ କଥାରେ ପଡ଼ି ସ୍କୁଲ୍‌କୁ ନ ଯାଇ ହରତାଲ କରୁଥିଲା। ଆଜି ନିଜ ଉପରକୁ ଦାୟିତ୍ୱ ପଡ଼ିବାରୁ କେତେ ବୁଦ୍ଧିର କଥା କହୁଛି। କାନ୍ଧରେ ପଡ଼ିଲେ ସମସ୍ତେ ବୋଧହୁଏ ଏମିତି ବଜାଇ ଶିଖନ୍ତି।

ଢୋଲକି ମୁରବିମାନଙ୍କୁ ଡାକିଲା। ସବୁକଥା ବୁଝାଇ କହିଲା। ମୁରବିମାନେ ସ୍ଥିରକଲେ, ପିଲାମାନଙ୍କୁ ଅଯଥା ଆନ୍ଦୋଲନ ପାଇଁ ଦଣ୍ଡ ଦିଆହେବ। କି ଦଣ୍ଡ ଦିଆହେବ ? ମୁରବିମାନେ କହିଲେ– "ତାଙ୍କ ଦ୍ୱୀପରେ ପ୍ରାଣଦଣ୍ଡ ନାହିଁ, ପୁଣି ଛୋଟପିଲାଙ୍କୁ ମାଡ଼ ବା ଶାରୀରିକ କଷ୍ଟ ହେବା ଭଲି ଦଣ୍ଡ ନାହିଁ। ସେମାନଙ୍କ ଦ୍ୱୀପରେ ଏମିତି ଏକ ଦଣ୍ଡ ଅଛି ଯେଉଁଥିରେ ଦୋଷ କରିଥିବା ଲୋକ କାଦି କାଦି ଅନୁତାପ କରିବ। ସ୍ଥିର ହେଲା, ସେହି ଦଣ୍ଡ ଦିଆହେବ ସମସ୍ତଙ୍କୁ।"

ଜଣେ ବାହାରିପଡ଼ି କହିଲା– "କିନ୍ତୁ ଆମେ ତ ନୂଆ ପାଠ ପଢ଼ିବା ପାଇଁ ଦାବି କରୁଛୁ। ସେଇଟା କ'ଣ ଦୋଷ ?"

ପାଲ୍ଟୁ ରାଗିଯାଇ କହିଲା– "ସ୍କୁଲ୍‌କୁ ନ ଆସି ରାସ୍ତାରେ ପାଟିକଲେ ନୂଆ ପାଠ ପଢ଼ିବ କେଉଁଠୁ ? ତମେ ଭାବୁଛ ଆମେ ଆଉ ନୂଆ ପାଠ କିଛି ଜାଣିନୁ ? କ'ଣ ଭାବିଛ ତମେ ଆମକୁ ?"

ଜଣେ କହିଲା– "ତମେ ତ ସେଇ ପାଠକୁ ଫେଣେଇ ଫେଣେଇ ହୋଇ ପଢ଼ାଉଛ।"

ପାଲ୍ଟୁ ରାଗିଯାଇ କହିଲା– "ଶୁଣିବ ନୂଆ ପାଠ...।" ଏତିକି କହି ପାଲ୍ଟୁ ଆରମ୍ଭକଲା– "ହାଡ଼ୁ ସିଂ– ଫାଡ଼ୁ ସିଂ – ହିଟଂ ହିଟଂ।

କାପିଡ଼ାଁ, ଜାପିଡ଼ାଁ ଖିଟାଂ ଖିଟାଂ। ହାଣ୍ଡୁ ରାସ—ସାଣ୍ଡୁ ରାସ-ଫିଟାଂ ଫିଟାଂ। ହ୍ଲିଂ-ସ୍ଲିଂ-ମ୍ଲିଂ-କ୍ଲିଂ-ଘ୍ଲିଂ... ଓଲମ୍ ବିଲମ୍!!"

ସମସ୍ତେ କାବା କାଠ। ଏମିତିଆ ପାଠ ସେମାନେ ତ ପଢ଼ି ନାହାନ୍ତି। ମିଛରେ ସେମାନେ ଦିନଟାଏ ନଷ୍ଟ କଲେ। ତିନି ଓସ୍ତାଦ ଏକବାର ପଣ୍ଡିତ ଅଛନ୍ତି। ସରଳ ଜଙ୍ଗଲୀ ପିଲାମାନେ ପାଲ୍‍ଟୁର ଗ୍ଲବାଜିରେ ଭଲିଗଲେ। ଢୋଲ୍‍କି ପେଟେ ହସ ଜାକି ବହୁ କଷ୍ଟରେ ସମ୍ଭାଳିଥାଏ। ପାଲ୍‍ଟୁର ଏମିତିଆ ସବ୍‍ଜାଣତାପଣିଆ ସେ ଦେଖି ଆସିଛି। ଭୁସ୍ ଭାସ୍ କାମଟାଏ ସେଇମିତି କରିଦେବ। ତା'ପରେ କ'ଣ ହେବ ଭାବିବ ନାହିଁ।

ଯାହାହେଉ ପିଲାମାନେ ସ୍କୁଲକୁ ଆସିଲେ। ଅବସ୍ଥା ଶାନ୍ତ ପଡ଼ିଲା। କିନ୍ତୁ ଦିନଟାଏ ଆନ୍ଦୋଳନ କରିବା ଅପରାଧରେ ମୁରବିମାନଙ୍କ ସଙ୍ଗେ ପରାମର୍ଶ କରି ସମସ୍ତଙ୍କ ପାଇଁ ଦଣ୍ଡବିଧାନ ହେଲା। ସେ ଦ୍ୱୀପରେ ଗୋଟିଏ କାନ୍ଦଫଳ ଥାଏ। ଟିକିଏ ଖାଇଦେଲେ ଆଖିରେ ଲୁହ ଝରେ। ପାଟିରୁ ଲାଳ ବୁହେ। ଲୋକର ମନରେ ନିଜ ଭୁଲ୍ ପାଇଁ ଅନୁତାପ ଆସେ। ଯିଏ ଦୋଷ କରେ ତାକୁ ସେଇ କାନ୍ଦଫଳ ଦିଆଯାଏ।

ସେଇ କାନ୍ଦ ଫଳରୁ ଝୁଡ଼ିଏ ଆସିଲା। ବୟସ ଅନୁସାରେ ଅଳ୍ପ ବହୁତ ଦିଆହେବ। ପ୍ରଥମେ ବାହାଦୁରର ପାଲି। କାରଣ ସେ ତ ସବା ଆଗରେ ଥିଲା। କାନ୍ଦଫଳ ଠିକ୍ ମହାକାଲ ଫଳ ଭଲି ବାହାରକୁ ଭାରି ସୁନ୍ଦର। ଲାଲ ଟହଟହ। ପାଚି ଟୁଲୁ ଟୁଲୁ ହେଉଥାଏ। ଦେଖିଲେ ପାଟିରୁ ଲାଳ ବୋହିବ। ଫଳ ଝୁଡ଼ିକ ଦେଖି ବାହାଦୁରର ପାଟିରୁ ଲାଳ ବହିଲାଣି। ଏତେବାଟ ଗ୍ଲି ଗ୍ଲି ଆସି ଭୋକ ବି ହେଉଥାଏ। ବିଚରା ଆଉ ସମ୍ଭାଳି ପାରିଲାନି। ଝୁଲାରେ ମୁହଁ ପୂରାଇ ଏକାଥରକେ

ରଖି ପାଞ୍ଚଟା କାନ୍ଦଫଳ ରୁପିଦେଲା। ଆଉ ଯାଏ କୁଆଡ଼େ। ଭୋ ଭୋ ରଡ଼ିଛାଡ଼ି ତ ଗଡ଼ିଲା। ଲୁହ, ଲାଳ, ଶିଙ୍ଘାଣୀ ବହିଯାଉଥାଏ। ପାଟି ପୋଡ଼ୁଥାଏ ହାକୁ ହାକୁ। ଛଟ ଛଟ ହେଇ ଗଡ଼ୁଥାଏ। ଅତି ଲୋଭର ଫଳ ବିଚରା ହାତେ ହାତେ ପାଇଗଲା। ସମସ୍ତେ ତାକୁ ଆଉଁଶା ଆଉଁଶି କଲେ। ଝରଣାର ଥଣ୍ଡାପାଣି ପିଇବାକୁ ଦେଲେ। ମିଠାଫଳ କିଛି ଖୁଆଇ ଦେଲେ।

ଢୋଲ୍‌କି ତା’ର ମୁଣ୍ଡକୁ ଥାପୁଡ଼େଇ ଥାପୁଡ଼େଇ କହିଲା– “ବୁଝିଲୁ ତ ଏଥର ? ବୁଝି ବିଚାରି କାମ କରିବା ଭଲ। ସବୁ କାମରେ ଆଗୁଆ ହେବୁ ବୋଲି ମନ୍ଦ କାମରେ ବି ଆଗୁଆ ହେବା କ’ଣ ଠିକ୍ ?”

ବାହାଦୁର ମଣିଷଛୁଆ ଭଳି ଆଖି ମିଟିମିଟି କରି ସବୁ ଯେମିତି ବୁଝି ମୁଣ୍ଡ ଟୁଙ୍ଗାରୁଥାଏ।

ନୂଆପାଠ–ନୂଆକାମ

ପିଲାଏ ଶ୍ରେଣୀରେ ଆସି ଚୁପ୍‌ଚାପ୍‌ ବସିଲେ । ଏଥର ପାଲଟୁର ଭାଲେଣି ପଡ଼ିଲା । ଏବେ କରିବେ କ'ଣ ? ୟାଡୁ ସ୍ୟାଡୁ ଗୁଡ଼ାଏ କହି ପିଲାଙ୍କୁ ସିନା ଭୁଲେଇ ଦେଲା । ବର୍ତ୍ତମାନ କୋଉପାଠ ପଢ଼ାଇବ ? ଯୋଉଗୁଡ଼ା କହିଲା ସେଗୁଡ଼ା ତ ଆଉ ପାଠ ନୁହେଁ । ଓଲଟୁ ପାଖରେ ଶରଣ ପଶିଲା । କହିଲା— "ଭାଇ ! ଏବେ କ'ଣ କରିବା ?"

ଓଲଟୁ କହିଲା— "ଠିକ୍‌ ଅଛି । ଏଣିକି ପିଲାମାନଙ୍କୁ ଧନ୍ଦା ବା କର୍ମ

ମାଧ୍ୟମରେ ପାଠ ପଢ଼ାଇବା । ପିଲାଏ କିଛି କାମ କରିବେ— ଉପାର୍ଜନ କରିବେ । କିନ୍ତୁ ମନେରଖ, ଆମର ଅନେକ ପାଠପଢ଼ିବା ଉଚିତ ଥିଲା । ଏ ଜଙ୍ଗଲିଆ ପିଲାମାନଙ୍କର ମନରେ ପାଠପଢ଼ାରେ ଯେଉଁ ନିଶା ଲାଗିଲାଣି ତାକୁ ଏମିତି ଥାପୁଡ଼ା ଥାପୁଡ଼ି କରି ଦବେଇ ଦେବା ଠିକ୍ ନୁହେଁ । ଆମେ ଏଥର ଘରକୁ ଫେରିବାର ବାଟ କରିବାକୁ ହେବ । ଅନେକ ପାଠ ପଢ଼ି, ବିଭିନ୍ନ ବିଷୟରେ ତାଲିମ ପାଇ ଆମେ ପୁଣି ଏ ସବୁଜ ଦ୍ୱୀପକୁ ଆସିବା ଓ ଗୋଟିଏ ନୂତନ ସଭ୍ୟ ସମାଜ ଗଢ଼ିବା । ଯେଉଁ ସମାଜରେ କେବଳ ଗୋଟିଏ ଜାତି, ଧର୍ମ, ଏକ ଈଶ୍ୱରକୁ ସମସ୍ତେ ମାନିବେ । ଯୁଦ୍ଧର ଭୟ ନ ଥିବ । ଶାନ୍ତି ପାଇଁ ଏବଂ ଏକତା ପାଇଁ ସମସ୍ତେ କାମ କରିବେ ।

ପାଲଟୁ ଭାଇର କଥା ଶୁଣି ଖୁସି ହେଇଗଲା । ଭାଇ ମୁଣ୍ଡରେ ଏତେ ବୁଦ୍ଧି ଥିଲା ବୋଲି ତାକୁ ତ ଜଣା ନ ଥିଲା ।

ତା' ପରେ ଧଦାମୂଳକ ଶିକ୍ଷାର କାର୍ଯ୍ୟକ୍ରମ ଚଳିଲା । ବାଳକ ମୋହନ ଅନେକ ହାତକାମ ଜାଣିଥିଲା । ଓଲଟୁ, ପାଲଟୁ ମଧ୍ୟ ଅନେକ କାମ ବିଷୟରେ ଟିକେ ଟିକେ ଜାଣିଥିଲେ । କାଦୁଅ ଚକଟି ମାଟିର ନାନାପ୍ରକାର ଦରକାରୀ ଜିନିଷ ତିଆରି କରିଲେ । ଲୁହାକୁ ତରଳାଇ ପଥରରେ ଛେଟି ବିଭିନ୍ନ ଦରକାରୀ ଉପକରଣ ତିଆରି ହେଲା । ନଡ଼ିଆକତା, ନଡ଼ିଆପତ୍ର ଓ ଖଡ଼ିକା, କଦଳୀ ପାଟୁକା, କାଠ ଇତ୍ୟାଦିରେ ପିଲାଙ୍କ ବୁଦ୍ଧି ମୁତାବକ ନାନା ପ୍ରକାର ଜିନିଷ ତିଆରି ହେଲା । ବଡ଼ ମଣିଷମାନେ ମଧ୍ୟ ସେଥିରେ ନିଜ ନିଜର ବୁଦ୍ଧି ମିଶାଇଲେ । ଦେଖୁ ଦେଖୁ ଛୋଟ ଛୋଟ ଶିଳ୍ପର ପ୍ରସାର ହୋଇଗଲା । ସେଇ ଛୋଟ ଦ୍ୱୀପଟିରେ ଫୁଲଫଳ, ଗଛପତ୍ର, ପଥର, ଲୁହା

ଇତ୍ୟାଦିର ଅଭାବ ତ ନ ଥିଲା । ସେଠି କୃଷି, କ୍ଷୁଦ୍ରଶିଳ୍ପ, ଶିକ୍ଷାର ପ୍ରସାର ପିଲାମାନଙ୍କ ଦ୍ୱାରା ହେଇଗଲା । ସତେ ଯେମିତି ଗୋଟିଏ ନୂଆ ସହର । ନିଜ ହାତଗଢ଼ା ସହରଟି ପିଲାମାନଙ୍କୁ ସରଗପୁରୀ ଭଳି ସୁଖକର ଲାଗୁଥାଏ ।

ହେଲେ କ'ଣ ହେବ— ସଭ୍ୟତା ଯାଇ କେତେଦୂର ହେଲାଣି । ଏଇ ପୃଥିବୀର ମଣିଷ ଚନ୍ଦ୍ରରେ ପହଞ୍ଚିଲାଣି । କଳମଣିଷ (କଂପ୍ୟୁଟର) ମଣିଷ ଭଳି ସବୁ କରିଦେଲାଣି । ପିଲାଏ କ'ଣ ଏତିକିରେ ସନ୍ତୁଷ୍ଟ ହେଇ ରହିବେ ? ଏଥର ସମସ୍ତଙ୍କର ମନ ଘର ଧରିଲା । ଏତେବେଲେକେ ସମସ୍ତେ ବୁଝିଲେ ପାଠପଢ଼ା ଅଧାରଖି ସେମାନେ ପଦାକୁ ଗୋଡ଼ କାଢ଼ି ଭୁଲ୍ କରିଛନ୍ତି । ପାଠର ମହତଗୁଣ ଏତେବେଲେକେ ବୁଝି ପଡ଼ିଲା । ଏଥର ଫେରିଯାଇ ଆଗ ପାଠ ସାରିଦେବାକୁ ହେବ । କିନ୍ତୁ ଯିବେ କେମିତି ? ଏ ଦ୍ୱୀପ ତ ମଣିଷଖିଆ ଦ୍ୱୀପ ବୋଲି କୌଣସି ଜାହାଜ ସେଠାରେ ଅଟକେ ନାହିଁ । ଚୁମ୍ବକ ପାହାଡ଼ରେ ମଝିରେ ମଝିରେ ଯାହା ଦୁର୍ଘଟଣା ହୁଏ, ସେଥିରୁ ଜଣେ ଅଧେ ବଞ୍ଚ କୌଣସିମତେ ଫେରିଯାଇ ଏ ଦ୍ୱୀପର ମଣିଷଖିଆ ମଣିଷଙ୍କ କଥା ପ୍ରଚାର କରିଛନ୍ତି । ତେଣୁ କୌଣସି ଜାହାଜ ସେ ବାଟରେ ଆସେ ନାହିଁ ।

ଓଲଟୁ, ପାଲଟୁ ଗୋଟିଏ ନାଲି ପତାକା ଚୁମ୍ବକ ପାହାଡ଼ ଦେହରେ ପୋତି ଦେଲେ । ତା'ର ଅର୍ଥ- ବିପଦ । ଏପଟେ ଆସ ନାହିଁ । ଦ୍ୱୀପର ଅନ୍ୟପାଖରେ ସବୁଜ ପତାକାଟିଏ ଉଡ଼ାଇଦେଲେ । ଯାହାର ଅର୍ଥ ବିପଦ ନାହିଁ । କିନ୍ତୁ ତା'ସଙ୍ଗେ କୌଣସି ଜାହାଜ ସେପଟେ ଆସିଲା ନାହିଁ । ଶେଷରେ ବାହାଦୁରକୁ ନିର୍ଦ୍ଦେଶ ଦେଲେ ଉଚ୍ଚ ପାହାଡ଼ ଉପରେ

ଠିଆହେଇ ଜାହାଜ ଦେଖିଲେ ଭୁକିବା ପାଇଁ। ବାହାଦୁର ଜାହାଜ ଦେଖିଲେ ଖୁବ ଜୋର୍‌ରେ ଭୁକି ଉଠେ। ଭୁକି ଭୁକି ଥଣ୍ଡି ବସିଯାଏ ମାତ୍ର କୌଣସି ଜାହାଜ ସେ ଦ୍ୱୀପ ପାଖକୁ ଆସେ ନାହିଁ। ନିଜ ଜନ୍ମଭୂଇଁକୁ ଫେରିଯାଇ ଜ୍ଞାନପିପାସା ମେଣ୍ଟାଇବାର ନିଶା ପିଲାମାନଙ୍କ ମନରେ ଖୁବ୍‌ ଲାଗିଯାଇଥାଏ। ପ୍ରତିଦିନ ବାହାଦୁର ଭୁକି ଭୁକି ଗଳା ବସିଯାଏ। ଆଉ ପିଲାମାନଙ୍କ ମନରେ ମାତୃଭୂମି କୋଳକୁ ଆଉ ନିଜର ମାଆ କୋଳକୁ ଫେରିବାର ଆଶା ନିରାଶରେ ପରିଣତ ହୁଏ। ସବୁ ପିଲାଙ୍କ ମୁହଁ ଶୁଖିଯାଏ। ପେଟକୁ ଖାଦ୍ୟ ଯାଏ ନାହିଁ। ଜଙ୍ଗଲୀ ଲୋକମାନେ କିଛି ବୁଝିପାରନ୍ତି ନାହିଁ। ତାଙ୍କର ସବୁଜ ଦ୍ୱୀପରେ ଖାଦ୍ୟ, ବସ୍ତ୍ର, ସୁଖ କିଛି ତ ଅଭାବ ନାହିଁ—ଏଇ କେତେଜଣ ସହରୀ ପିଲାଙ୍କୁ ସାରା ଦ୍ୱୀପର ଲୋକେ ରାଜା ଭଳି ମାନୁଛନ୍ତି। ତାଙ୍କ ନିର୍ଦ୍ଦେଶ ପାଳିବାକୁ ସମସ୍ତେ ତିଆର। ସେମାନେ ତ ରହିଁଲେ ଜୀବନସାରା ଏଇ ଦ୍ୱୀପରେ ରାଜତ୍ୱ କରିବେ। ତାଙ୍କ ଅନ୍ତେ ତାଙ୍କର ବଂଶଧରମାନେ ଏ ଦ୍ୱୀପର ରାଜା ହେବେ। ତାଙ୍କର ପୁଣି କ’ଣ ଅଭାବ ରହୁଛି ଯେ ସେମାନେ ନିଜ ଦେଶକୁ ଫେରିଯିବା ପାଇଁ ଆକୁଳ ହେଉଛନ୍ତି ?

ପିଲାଙ୍କ ମନରେ ଦେଶପ୍ରେମ

ଦିନେ ସବୁତକ ମୁରବିଲୋକ ପିଲାମାନଙ୍କୁ ତାଙ୍କ ମନ ଦୁଃଖର କାରଣ ପଚାରିଲେ। ଓଲଟୁ କହିଲା— "ଜନନୀ ଆଉ ଜନ୍ମଭୂମି ସ୍ୱର୍ଗଠାରୁ ମଧ୍ୟ ବଡ଼। ସୁଖ, ସମ୍ପଦ, ରାଜଗାଦିର ମୋହରେ ଯିଏ ନିଜ ଜନ୍ମଭୂମିକୁ ଭୁଲିଯାଏ ସେ ମଣିଷ ନୁହେଁ ପଶୁ। ପଶୁର ପେଟ ପୂରିଲେ ତା ପାଇଁ ପୃଥିବୀର ସବୁସ୍ଥାନ ସମାନ। କିନ୍ତୁ ମଣିଷ ମନର

ଜାତିପ୍ରେମ, ଦେଶପ୍ରେମ ମଣିଷକୁ ଦେବତାର ଆସନରେ ବସାଏ। ଦେଶ ପାଇଁ ଜାତି ପାଇଁ ଆମ ଦେଶରେ ଶହ ଶହ ମହାପୁରୁଷ ଜୀବନ ଉସର୍ଗ କରିଛନ୍ତି। ଯେଉଁମାନେ ବେଶୀ ଅର୍ଥ ଆଉ ଯଶ ଆଶାରେ ନିଜ ଦେଶକୁ ଭୁଲି ଅନ୍ୟଦେଶରେ ଘରଦ୍ୱାର କରି ରହି ଯାଆନ୍ତି ସେମାନଙ୍କ ଶିକ୍ଷା ଉନ୍ନତ ଏବଂ ସେମାନେ ଭିନ୍ନ ଦେଶରେ ଉନ୍ନତି କରୁଛନ୍ତି – କରନ୍ତୁ। ଏ ପୃଥିବୀ ତ ଆମର ଘର। ସମସ୍ତ ମଣିଷ ଆମର ଭାଇ ଭଉଣୀ। କିନ୍ତୁ ଆଗ ନିଜ ମାଆର ଦୁଃଖ, ଦୁର୍ଦ୍ଦଶା ଦୂର କରିବା ଯେମିତି ପ୍ରତ୍ୟେକ ପୁଅ ଝିଅର କର୍ତ୍ତବ୍ୟ, ନିଜ ଜନ୍ମଭୂମି ପ୍ରତି ନିଜର କର୍ତ୍ତବ୍ୟ କରିବା ସେମିତି ଆମର ପବିତ୍ର କର୍ତ୍ତବ୍ୟ।"

ପାଲ୍‌ଟୁ ଉଠି ପଡ଼ି କହିଲା– "ଭାଇମାନେ, ଆମେ ତମକୁ ଭୁଲିଯିବୁ ନାହିଁ। ଆମେ ଉଚ୍ଚଶିକ୍ଷା ପାଇ ଫେରି ଆସିବୁ। ତମକୁ ଆଉରି ଶିକ୍ଷା ସଭ୍ୟତାର ଶିଡ଼ିରେ ଆଗେଇ ନେବୁ। ତମେ ନିଜେ ନିଜ ଦେଶର ଉନ୍ନତି ଆପେ ଆପେ ସେତେବେଳେ କରିବ। ଆମେ ରାଜଗାଦି ରହୁଁ ନାହିଁ। ଆମ ଦେଶରେ ରାଜା ନାହାନ୍ତି କି ପ୍ରଜା ନାହାନ୍ତି। ସେଠି ସମସ୍ତେ ସମାନ। ଆମ ଦେଶର ଶାସନ ଦାୟିତ୍ୱ ଆମରି ହାତରେ। ତମେ ଯିଏ ଆମେ ସିଏ। ଆମେ କାହିଁକି ତମର ରାଜା ହେବୁ? ଏକା ମାଆ ପେଟରୁ ବାହାରିଛୁ ଆମେ ତିନି ଭାଇ ଭଉଣୀ। ଭାଇ କଳା, ମୁଁ ସାବନା, ମୋ ଭଉଣୀ ଚେପେଟିନାକୀ ସିନା ଗୋରୀ। ସେମିତି ଏ ପୃଥିବୀ ମାଆର କୋଳରୁ କଳା, ଗୋରା, ସାବନା, ବାଙ୍ଗରା, ଡେଙ୍ଗା, ସଳଖ, ସୁନ୍ଦର, ଚେପଟାନାକିଆ, କହରା ବାଳ– ଟାଆଁଶ ବାଳ ଏମିତି କେତେ ରୂପର ମଣିଷ ଜନ୍ମିଛନ୍ତି। ସମସ୍ତେ

ସମାନ । ସମସ୍ତଙ୍କର ଏ ପୃଥିବୀରେ ବଞ୍ଚିରହିବାର ସମାନ ଅଧିକାର ଅଛି । ଆମ ଦେଶର ଠାକୁର ଜଗନ୍ନାଥ, ବଳଭଦ୍ର, ସୁଭଦ୍ରା । କଳା, ଧଳା, ହଳଦିଆ । ସାରା ଜଗତର ମଣିଷଙ୍କୁ ସେ ସମାନ ଆଖିରେ ଦେଖନ୍ତି । ତାଙ୍କ ପାଖରେ ଜାତି ଧର୍ମର ଭେଦାଭେଦ ନାହିଁ । ତମମାନଙ୍କ ଭିତରେ ବି ଜାତି ଧର୍ମର ବାଛ ବିଚ୍ଛର ନାହିଁ । ରାଜା ପ୍ରଜାର ଭେଦାଭେଦ ନାହିଁ । ତମେ ଆମରି ଭାଇ । ତମେ ଆସିବ ଆମ ଦେଶକୁ; ଆମେ ଆସିବୁ ତମ ଦେଶକୁ । ସମସ୍ତେ ସମସ୍ତଙ୍କର ଉପକାର କରିବା । ତା' ବୋଲି କ'ଣ ନିଜ ମାଆକୁ ଭୁଲିଯିବା ? ନିଜ ଦେଶକୁ ଭୁଲିଯିବା ?"

ଢୋଲକି ଏଥର ଛିଡ଼ା ହେଇଗଲା । ମଧୁର କଣ୍ଠରେ କହିଲା— "ଭାଇମାନେ ! ବଣର ଶୁଆକୁ ସୁନାପଞ୍ଜୁରୀରେ ରଖି କ୍ଷୀର ସର ଦେଲେ ବି ସେ ତା'ର ବଣ ମାଆକୁ ଝୁରିହୁଏ— ମାଆର ସବୁଜ ପଣତକାନିର ସୁଖ ଆଗରେ ସୁନା ପଞ୍ଜୁରୀର ସୁଖ କିଛି ନୁହେଁ । ଆମ ଅବସ୍ଥା ସେମିତି । ଏଠି ଏତେ ସୁଖ, ଅବାଧ ସ୍ୱାଧୀନତା, ଏତେ ସମ୍ମାନ ଆମକୁ ମିଳୁଛି । କିନ୍ତୁ ଆମର ମାଆ କୋଳ ମନେ ପଡ଼ିଲାଣି । ମାଆର ସ୍ନେହ ଆଦର ଆମକୁ ହାତଠାରି ଡାକୁଛି— ଆମ ମାଆ, ଆମ ମାଟି ଆମକୁ ଝୁରି ହେଉଛି । ତମେ ବି ଆମ ଦେଶକୁ ଗଲେ ସବୁ ଭଲକଥା ଶିଖି ସାରି ନିଜ ମାଆ କୋଳକୁ ଫେରିଆସିବା ପାଇଁ ଛଟପଟ ହେବ । ତମେ କେବେ ମାଆ କୋଳ ଛାଡ଼ି ଯାଇନାହଁ ବୋଲି ଆମ ମନର ଦୁଃଖ ବୁଝି ପାରୁନାହଁ ।"

ଏତିକି କହୁ କହୁ ଢୋଲକି କାନ୍ଦି ପକାଇଲା । ଓଲଟୁ, ପାଲଟୁଙ୍କର ଆଖି ଛଳଛଳ ହେଇଗଲା । ଦୃଷ୍ଟିହୀନ ବାଳକମାନଙ୍କ ମୁଦିଲା ଆଖିରୁ

ଝରଝର ଲୁହ ଝରିଗଲା । ଜଙ୍ଗଲୀ ଲୋକଗୁଡ଼ାକଙ୍କ ପଥର ଆଖିରେ ବି ପାଣି ଆସିଗଲା ।

ଢୋଲକି କାନ୍ଦି କାନ୍ଦି ମଧୁର ସ୍ୱରରେ ଗୋଟିଏ ଦେଶବନ୍ଦନା ଗୀତ ଗାଇଲା । ସମସ୍ତେ ଏକ ସ୍ୱରରେ ପାଲି ଧରିଲେ । ବଣଭୂଇଁ ଉଚ୍ଛୁଲି ପଡ଼ିଲା ଭାରତ ଜନନୀର ଯଶ ଗୌରବ ଗୀତିରେ । ଜଙ୍ଗଲୀ ଲୋକମାନେ ଆନନ୍ଦରେ କହିଲେ ଧନ୍ୟ ତମେ ଭାରତ ଭୂଇଁର ଛୁଆ । ଧନ୍ୟ ତମର ଦେଶପ୍ରେମ – ମାନବ ପ୍ରେମ ।

ବାହାଦୁର ବାଇଆ ହେଲା

ଏଣିକି ବାହାଦୁର ସକାଳୁ ଉଠି ବଣକୁ ଝୁଲିଯାଏ। ଗୋଟାଏ ପାହାଡ଼ ଉପରୁ ଆଉ ଗୋଟାଏ ପାହାଡ଼ ଉପରକୁ କୁଦାମାରେ। ଖାଇଲେ ଖାଏ—ନ ଖାଇଲେ ନାହିଁ। ସଞ୍ଜକୁ ଫେରିଲା ବେଳକୁ ଝୋଲ ନାଲ ଆଖିଏ। କୋଉଦିନ ଗୋଡ଼ ଛୋଟା ତ କୋଉଦିନ ନାକ ଫାଟି ରକ୍ତ ବହୁଥାଏ। ରାତିରେ ଫାଁଗାଲି ଦେଇ ପଡ଼େ ଯେ ଆଉ ସ୍ୱର ଶବଦ କିଛି ନାହିଁ। କେହି କିଛି ବୁଝିପାରନ୍ତି ନାହିଁ। କୁକୁରଟାର ଏ କି କାଣ୍ଡ ! ଢୋଲକି ବହୁତ ବୁଝାଶୁଝା କରେ—ବାହାଦୁର ! ଏମିତି ବାଇଆଙ୍କ

ଭଲି ଡିଆଁ ମାରନା ରେ... । କୋଉଦିନ ପାହାଡ଼ ଉପରୁ ପଡ଼ି ପ୍ରାଣ ଝଳିଯିବ । ତୋତେ କିଏ ଏମିତି ବୁଦ୍ଧି ଦେଲା ?

ବାହାଦୁର କିଛି ଶୁଣେନି । ସତେ ବା ସେ ଅସାଧ୍ୟ ସାଧନା କରୁଛି ।

ପାଲ୍‍ଟୁ କହେ— "ବୋଧହୁଏ ଗୋଟାଏ ସର୍କସ ପାର୍ଟିରେ ଲିଡର ହେବ କି କ'ଣ । ସେଥିପାଇଁ ଅଭ୍ୟାସ କରୁଛି ।"

ଜଙ୍ଗଲୀ ଲୋକମାନେ କହନ୍ତି— "ତାକୁ ବୋଧହୁଏ ଭୂତ ଲାଗିଛି । ନ ହେଲେ କିଏ ଗୁଣି ଗାରେଡ଼ି କରିଛି ।" ଏମିତି କେତେ ବିଚାର କରନ୍ତି ସମସ୍ତେ । ଦିନେ ତାକୁ ପାଲ୍‍ଟୁ ନିଦ ଫଳ ଝରିଟା ଖୁଆଇ ଦେଲା । ଝରିଦିନ ଯାଏ ଖାଲି ଖାଇଲା ଆଉ ବସି ବସି ଝୁଲେଇଲା । ତା'ର ବିଶ୍ରାମ ନିହାତି ଦରକାର । ନ ହେଲେ ମରିଯିବ ସେ ! ସମସ୍ତେ କହିଲେ "ଭଲ ହେଇଛି । ତା' ମୁଣ୍ଡ ଠିକ୍ ନ ହେବାଯାଏ ପ୍ରତିଦିନ ରାତିରେ ତାକୁ ଗୋଟିଏ ଲେଖାଏଁ ନିଦଫଳ ଖୁଆଇ ଦିଆହେବ । ବଳେ ବଳେ ବିଶ୍ରାମ ନେବ ।"

ବାହାଦୁର ମହାଝଳାକ । ଯେମିତି ପ୍ରଥମ ନିଦଫଳର ନିଶା କଟିଗଲା ପାଲ୍‍ଟୁକୁ କାମୁଡ଼ି ଗୋଡ଼େଇଲା । ଯିଏ ନିଦଫଳ ଧରି ତା' ପାଖକୁ ଆସିଲା ତାକୁ କାମୁଡ଼ି ଗୋଡ଼େଇଲା । ସମସ୍ତେ ଡରିଗଲେ । ଭାବିଲେ ବିଚରା ବାଇଆ ହେଇଗଲା ।

ଓଲ୍‍ଟୁ କହିଲା— "ସେ କିଛି ଗୋଟାଏ ପ୍ରତିଜ୍ଞା କରିଛି ।" ଢୋଲକି କହିଲା— "ବିଚରା ପାହାଡ଼ ଅଗରେ ଠିଆହୋଇ ଜନ୍ମଭୂଇଁ କୋଳକୁ ଫେରିଯିବା ପାଇଁ ଏତେ ଭୁକିଲା । କେହି ତା' କଥା ଶୁଣିଲେନି । ସେ ନିଶ୍ଚୟ ସେଇ ଦୁଃଖରେ ପାହାଡ଼ରୁ ଡେଇଁ ଆତ୍ମହତ୍ୟା କରିବ ବୋଲି ଠିକ୍ କରିଛି ।"

ଓଲ୍‌ଟୁ ଚିଡ଼ିଗଲା, କହିଲା– "ଆମ ବାହାଦୁର ଏମିତି ଭୀରୁ ନୁହେଁ ଯେ ଆତ୍ମହତ୍ୟା କରିବ। ସେ କିଛି ସାଧନା କରୁଛି। ତାକୁ ତା' ବାଟରେ ଛାଡ଼ିଦିଅ।"

ବାହାଦୁର ଏମିତି ବହୁଦିନ ଏ ପାହାଡ଼ରୁ ସେ ପାହାଡ଼ କୁଦାମାରି ଅଭ୍ୟାସ କଲା। କେତେ ଖଣ୍ଡିଆ ଖାବରା ହେଲା। ଦେହ ଦୁର୍ବଳ ହେଇଗଲା। ଢୋଲ୍‌କି ତା'ର ଯନ୍ତ ନେଉଥାଏ। ତାକୁ ବହୁତ କ୍ଷୀର, ଛେନା, ଅଣ୍ଡା ଶୁଙ୍ଖାଉଥାଏ।

ଜଙ୍ଗଲୀ ଲୋକମାନେ ଭାରି ମନଦୁଃଖ କରନ୍ତି। କହନ୍ତି– "ଆମରି ପାଇଁ ବାହାଦୁରର ଏ ଦୁଃଖ। ଆମେ ସିନା ମଣିଷ ମାଂସ ଖାଉଥଲୁ ବୋଲି କୋଉ ଜାହାଜ ଏଠିକି ଆସୁନି। ସତେ ଆମେ କେଡ଼େ ଅସଭ୍ୟ ଥଲୁ? ଦୁଇଜଣ ପଶୁଙ୍କ ମଧ୍ୟରେ ସିନା ଲଢ଼େଇ ହୁଏ। ଜଣେ ଜଣକୁ ମାରି ଖାଏ। ମଣିଷ ମଣିଷ ଭିତରେ ଗୋଟାଏ ଲଢ଼େଇ କ'ଣ? ଜଣେ ମଣିଷ ତ ଆଉ ଜଣେ ମଣିଷର ବନ୍ଧୁ। ହେଲେ ସେକଥା କ'ଣ ଦୂର ଜାହାଜର ମଣିଷମାନେ ବୁଝିପାରିବେ? ସେମାନେ ତ ଆମକୁ ସେମିତି ଅସଭ୍ୟ ପଶୁ ବୋଲି ଭାବିଛନ୍ତି।"

ଏମିତି କେତେଦିନ କଟିଗଲା। ବାହାଦୁର ବର୍ତ୍ତମାନ ପାହାଡ଼ ଉପରୁ ଅନେକ ଦୂରକୁ କୁଦା ମାରିବାରେ ଓସ୍ତାଦ୍ ହେଇଗଲାଣି। ଗୋଟାଏ ପାହାଡ଼ରୁ ଆଉ ଗୋଟାଏ ପାହାଡ଼କୁ ସେ ବେଲୁନ୍ ଭଳି ଉଡ଼ିଯାଏ। ମଝିରେ ମଝିରେ ସାଧନ ବି ଭାଙ୍ଗୁଥାଏ। ସମସ୍ତେ ସର୍କସ ଦେଖିବା ଭଳି ତାକୁ ରହିଁରହି ଆଶ୍ଚର୍ଯ୍ୟ ହୋଇଯାଉନ୍ତି। ପବନ ଭଳି ଉଡ଼ିଯାଏ ବୋଲି ତାକୁ ସମସ୍ତେ ଡାକନ୍ତି 'ପବନ ବାହାଦୁର'।

ଦିନେ ବାହାଦୁରର ବାଇଆ ହେବା ରହସ୍ୟ ଖୋଲିଗଲା। ବାହାଦୁର

ଦିନେ ଓଲଟୁ ହାତରୁ କଲମ ଛଡ଼େଇ ନେଇ ନିଜ ଆଗ ଦୁଇ ଗୋଡ଼ରେ ଧରି ଠାର ଦେଖେଇ ଦେଲା– ମତେ ଚିଠି ଲେଖିଦିଅ। ମୁଁ ପାହାଡ଼ ଉପରୁ ଜାହାଜକୁ କୁଦାମାରି ସବୁ ଖବର ଆମ ଦେଶ ଲୋକଙ୍କ ହାତରେ ପହଞ୍ଚାଇ ଦେବି। ସମସ୍ତେ କାବାକାଠ! କୁକୁରଟାର କି ଦେଶପ୍ରୀତି!

ସେଇଆ ହେଲା। ଓଲଟୁ ସବୁକଥା ବୁଝାଇ ଲେଖିଦେଲା। ଡରିବାର କିଛି କାରଣ ନାହିଁ ବୋଲି ଜଣାଇଦେଲା। ସେମାନେ ଆସିଲେ ଏକ ନୂତନ ସଭ୍ୟ ସୁନ୍ଦର ସମାଜ ଆବିଷ୍କାର କରିବେ ବୋଲି ଜଣାଇଦେଲା। ଚିଠିଟିକୁ ଗୋଟିଏ ଜରିଖୋଲରେ ପୁରାଇ ସୂତାରେ ବାନ୍ଧି ବାହାଦୁରର ପାଟିରେ ରଖି ଦିଆହେଲା। ବାହାଦୁର ସମସ୍ତଙ୍କଠାରୁ ବିଦାୟ ନେଇ ବାହାରିଲା। ଭାଗ୍ୟରେ ଥିଲେ ବଞ୍ଚିବ। ନ ହେଲେ ସମୁଦ୍ରରେ ଖାସ ଦେଇ ପ୍ରାଣ ଯିବ। ଢୋଲକିର ଆଖି ଛଳଛଳ। କିନ୍ତୁ ସେ ହସି ହସି ବାହାଦୁର ବେକରେ ଫୁଲମାଲ ପକାଇଦେଲା। ତା'ର ଧୋବ ଫରଫର କପାଳରେ ବିଜୟର ସିନ୍ଦୁରଟିକା ପିନ୍ଧାଇଦେଲା। ଦୀପ ଜାଳି ତାକୁ ବନ୍ଦାପନା କଲା। ସତେକି ଢୋଲକିର ପୁଅ ବୀର ଯବାନ ଦେଶ କାମ ପାଇଁ ଯୁଦ୍ଧଭୂଇଁରେ ଜୀବନ ଉତ୍ସର୍ଗ କରିବାକୁ ଯାଉଛି। ସମସ୍ତଙ୍କ ମନରେ ବାହାଦୁର ପାଇଁ ଶୁଭ କାମନା। ଦେଶବନ୍ଦନା ଗାଇ ଗାଇ ସମସ୍ତେ ସମୁଦ୍ରକୂଳର ପାହାଡ଼ ପର୍ଯ୍ୟନ୍ତ ଗଲେ। ବାହାଦୁର ଖୁସିମନରେ ଚଢ଼ିଗଲା ପାହାଡ଼ର ଅଗକୁ। ଦୂରରୁ ଗୋଟିଏ ଜାହାଜ ଆସୁଥିବାର ପତାକା ଦିଶୁଥାଏ।

ମଣିଷ ଜାତିର ଉପକାର ପାଇଁ ବାହାଦୁର ଜୀବନ ଦେଲା

ଜାହାଜଟି ଧୀରେ ଧୀରେ ପାଖକୁ ଆସୁଥାଏ । ପାହାଡ଼ର ଅଗରେ ସବୁ ଦେଶର ସବୁଜ ପତାକା ଫରଫର ଉଡ଼ୁଥାଏ । ସମସ୍ତେ ଭାବୁଥାନ୍ତି ଜାହାଜଟି ଯଦି ସବୁଜ ପତାକାର ଅର୍ଥ ବୁଝି ସବୁଜ ଦ୍ୱୀପର କୂଲରେ ଲାଗନ୍ତା ତେବେ ବିଚରା ବାହାଦୁର ଜୀବନକୁ ବିପନ୍ନ କରି ଡେଇଁବାକୁ ପଡ଼ନ୍ତା ନାହିଁ । ସମସ୍ତେ ପାହାଡ଼ ଉପରେ ଚଢ଼ି ସବୁଜ ଡାଲ ଭାଙ୍ଗି

ହଲାଇଲେ । ଜାହାଜଟି ପାଖ ହେଇ ଆସୁଥାଏ—ହେ ଭଗବାନ୍‌, ଏଇଥରକ ଜାହାଜଟି କୂଲରେ ଲାଗିଯାଉ । ନଟେତ୍‌ ପାଟି ଶୁଣିବା ଭଲି ଦୂରତାକୁ ଆସୁ । ତା' ହେଲେ ବଡ଼ପାଟିରେ ସବୁକଥା ବୁଝାଇଦେଇ ହେବ । କିନ୍ତୁ ହାୟ ! ଜାହାଜଟି ଏଥର ବାଟ ଭାଙ୍ଗିଲା । ଏଥରକ ଜାହାଜ ଦୂରକୁ ଚାଲିଯିବ ଅନ୍ୟ ପଥରେ ସବୁଥରକ ପରି । ବାହାଦୁର ଆଉ କାଳ ବିଳମ୍ବ କଲା ନାହିଁ । ଆଖି ପିଛୁଲାକେ କୁଦାମାରି ସମୁଦ୍ର ଉପର ଦେଇ ନୀଳ ଆକାଶରେ ଧଳା ଗୁଡ଼ିଟିଏ ଭଲି ଉଡ଼ିଗଲା ଜାହାଜ ଆଡ଼କୁ । ସମସ୍ତେ ଏକ ସ୍ୱରରେ ପାଟିକଲେ— 'ବାହାଦୁରର ଜୟ, ଭାରତ ଜନନୀର ଜୟ, ସବୁଜ ଦ୍ୱୀପର ଜୟ, ଭାରତ-ସବୁଜଦ୍ୱୀପ ଭାଇ ଭାଇ, ସବୁ ମଣିଷ ସମାନ; ମଣିଷ ମଣିଷର ଶତ୍ରୁ ନୁହେଁ— ବନ୍ଧୁ ।' ଏମିତି ସ୍ଲୋଗାନ ଦେଉଥାନ୍ତି ସମସ୍ତେ । ବାହାଦୁର ନିଶ୍ଚୟ ଜାହାଜ ଭିତରେ ସାଧନ ଭାଙ୍ଗି ଭାଙ୍ଗି ଖସି ପଡ଼ିବ । ତା'ର ହାତଗୋଡ଼ ବି ଭାଙ୍ଗିବ ନାହିଁ । କାରଣ ସେ ସେମିତି ଓଲଟି ଓଲଟି ଓହ୍ଲେଇ ପଡ଼ିବା ଅଭ୍ୟାସ କରିଥାଏ । ବାହାଦୁର ଜାହାଜର ପାଖାପାଖି ହେଇଗଲାଣି । ଆଉ ସ୍ରୁତାଏ ! ସ୍ରୁତାଏ !! ବାହାଦୁରର ଜୟ ! ବାହାଦୁରର ଜୟ !!

      ଏଇତ ! ବାହାଦୁର ଶୂନ୍ୟ ଶୂନ୍ୟ ଖସି ପଡ଼ିଲା । କିନ୍ତୁ ଏ କ'ଣ ହେଲା ? ହେ ଭଗବାନ୍‌ ! ଏ କ'ଣ ହେଲା ? ଜାହାଜଠାରୁ ସ୍ରୁତାଏ ଛାଡ଼ି ବାହାଦୁର ଖସିପଡ଼ିଲା ସମୁଦ୍ର ଗର୍ଭରେ ଧଳା ଫରଫର ପେଣ୍ଡୁଟିଏ ଭଲି । ଥରେ ଦୁଇଥର ସମୁଦ୍ର ଲହରୀର ଧଳା ଫେଣ ଭିତରେ ତା'ର ଧଳା ସୁନ୍ଦର ମୁହଁଟି ଦିଶି ଲୁଚିଗଲା ସବୁଦିନ ପାଇଁ । ମଣିଷ ଜାତିର ଉପକାର ପାଇଁ ପକ୍ଷୁଟିଏ ପ୍ରାଣ ବିସର୍ଜନ କରି ମଣିଷକୁ ମହାଶିକ୍ଷା ଦେଇଗଲା ।

ସହୀଦ୍‌ ବାହାଦୁରର ସ୍ମୃତିରକ୍ଷା

ସବୁଜ ଦ୍ୱୀପରେ ଶୋକର ଛାୟା ଖେଳିଗଲା । ସହିଦ୍‌ ବାହାଦୁର ପାଇଁ ବିରାଟ ଶୋକସଭା ହେଲା । ଢୋଲକି କିଛି କହି ପାରୁନଥାଏ । ତା' ଆଖିରୁ ଝରେଝର ଲୁହ ଝରି ଯାଉଥାଏ । ସବୁଜଦ୍ୱୀପର ସବୁ ପିଲା ଆଉ ବୁଢ଼ାଙ୍କ ଆଖିର ଲୁହ ମିଶି ନଈ ହେଇ ସତେକି ସମୁଦ୍ରରେ ମିଶି ବାହାଦୁରର ମରଶରୀର ପାଖରେ ପହଞ୍ଚିଯିବ ! ସମସ୍ତେ ଶୋକରେ ଅଧୀର ହେଇ ପଡ଼ିଥାନ୍ତି ।

ଢୋଲକି ବହୁ କଷ୍ଟରେ ନିଜକୁ ସମ୍ଭାଳି ବାହାଦୁରର ଜୀବନ କାହାଣୀ ବର୍ଣ୍ଣନା କଲା । ମା' ଛେଉଣ୍ଡ କୁକୁର ଛୁଆଟିକୁ ସେମାନେ

ନିଜ ଖାଦ୍ୟରୁ ଭାଗ କରି କିଛି ଖାଇବାକୁ ଦେଇଥିଲେ ବୋଲି ସେ ତା'ର ରଣ ଶୁଝିବା ପାଇଁ ତାଙ୍କର ବିପଦର ବନ୍ଧୁ ହେଇ ଶେଷରେ ତାଙ୍କରି ପାଇଁ ନିଜର ଜୀବନ କିପରି ଦେଇଗଲା ତାହା କହୁ କହୁ ତା'ର କଣ୍ଠ ଥରିଗଲା କୋହରେ । ସେ ବସି ପଡ଼ିଲା ।

ଓଲଟୁ ଗମ୍ଭୀର କଣ୍ଠରେ କହିଲା– "ବାହାଦୁର ସାମାନ୍ୟ ପଶୁଟିଏ ନୁହେଁ । ସେ ଆମର ଗୁରୁ । ସେ ଆମକୁ ଦେଶପ୍ରୀତି, ବିଶ୍ୱସ୍ତ ପଣିଆ, ମଣିଷ ଜାତି ପାଇଁ ପ୍ରେମ ଆଉ ଭଲକାମ ପାଇଁ ଜୀବନ ଉସର୍ଗ କରିବା ଶିକ୍ଷା ଦେଇଯାଇଛି । ତା ପାଇଁ ଦୁଃଖ କର ନାହିଁ । ତା'ର ଆତ୍ମା ଈଶ୍ୱରଙ୍କ ପାଖରେ ନିଶ୍ଚୟ ପହଞ୍ଚିବ । ସେ ଚିରଦିନ ପାଇଁ ଅମର ହେଇଗଲା । ଈଶ୍ୱରଙ୍କର କିଛି ଭଲ ଉଦ୍ଦେଶ୍ୟ ହୁଏତ ଅଛି । ତାରି ଆଦର୍ଶକୁ ଆଖି ଆଗରେ ରଖି ଆମେ ଏଥର ମଣିଷଜାତି ଭିତରେ ସଦ୍‌ଭାବ ଓ ଶାନ୍ତି ପାଇଁ କାମ କରିବାର ଶପଥ ନେବା । ସେଇ ହେବ ବାହାଦୁର ପ୍ରତି ଉପଯୁକ୍ତ ସମ୍ମାନ ।" ସମସ୍ତେ ଏକ ସ୍ୱରରେ ପ୍ରତିଜ୍ଞା କଲେ ।

ବାହାଦୁରର ଏକ ମୂର୍ତ୍ତି ପଥରରେ ଖୋଲା ହେଇ ତିଆରି ହେଲା । ଜଙ୍ଗଲୀ ଲୋକମାନେ ବାହାଦୁରର ମୂର୍ତ୍ତି ଅବିକଳ ତିଆରି କରିଦେଲେ । ସ୍କୁଲ୍ ସାମ୍ନାରେ ସେ ମୂର୍ତ୍ତି ସ୍ଥାପନ କରାଗଲା । ଗାନ୍ଧିଙ୍କର ତିନି ମାଙ୍କଡଙ୍କ ମୂର୍ତ୍ତି ମଧ୍ୟ ତା ପୂର୍ବରୁ ସେଠାରେ ଥାଏ । ସୁଭାଷ ବୋଷ ଓ ଗାନ୍ଧି ଏବଂ ଅନେକ ମହାପୁରୁଷଙ୍କର ଫଟୋ ଓଲଟୁ, ପାଲଟୁ ଆଙ୍କି ସ୍କୁଲଘରେ ଟାଙ୍ଗିଥାନ୍ତି । କିନ୍ତୁ ବାହାଦୁରର ମୂର୍ତ୍ତି ରହିଲା ସ୍କୁଲର ବଗିଚ ଭିତରେ । ପ୍ରତିଦିନ ପିଲାମାନେ ସେଠାରେ ଫୁଲଦେଇ ସ୍କୁଲକୁ ଯାଆନ୍ତି । ଢୋଲକି ସେଇ ପଥରର ମୂର୍ତ୍ତିକୁ ସବୁଦିନେ ଟିକେ ଆଉଁଶି ଦେଇ ନିଜର ଶ୍ରଦ୍ଧା

ଜଣାଏ । ଓଲଟୁ ପାଲଟୁ ମୁଣ୍ଡ ନୁଆଁଇ ସେଇ ମୂର୍ତ୍ତି ସାମ୍ନାରେ ଠିଆହେଇ ଭାବନ୍ତି, ବାହାଦୁର ତୁ କେତେ ଭଲ ଥିଲୁ ?

ସବୁଜ ଦ୍ୱୀପର ଲୋକମାନେ ବାହାଦୁରକୁ ଦେବତା ମାଣି ସେଠି ପୂଜା ଆରତୀ କରନ୍ତି ।

ବାହାଦୁରର ଆଦର୍ଶକୁ ଆଖି ଆଗରେ ରଖି ସମସ୍ତେ ନୂତନ ଉସ୍ଥାହରେ କାମରେ ମାତିଗଲେ । ଦେଶକୁ ଫେରିବାର ନିଶା ପ୍ରତିଜ୍ଞାରେ ପରିଣତ ହେଲା । ଦୁର୍ଘଟଣାଗ୍ରସ୍ତ ଭଙ୍ଗା ଜାହାଜକୁ ସମସ୍ତେ ମିଶି ମରାମତି କରିବାକୁ ଲାଗିଲେ । ସବୁଜଦ୍ୱୀପର ସମସ୍ତେ ମଧ ସେଇ କାମରେ ମନ ପ୍ରାଣ ଢାଲିଦେଲେ । ଏକତା ବଳରେ କୋଉ କଥା ଅବା ଅସମ୍ଭବ ! ସତକୁ ସତ ଭଙ୍ଗା ଜାହାଜଟି ନୂଆ ଜାହାଜରେ ପରିଣତ ହେଇଗଲା । ପରୀକ୍ଷା କରିବା ପାଇଁ ଓଲଟୁ ପାଲଟୁ ଘେରାଏ ଦି'ଘେରା ବୁଲି ଆସିଲେ ସମୁଦ୍ର ଭିତରେ । ଆଉ ଅଳ୍ପ କେତେଟା କାମ କରିବାକୁ ହେବ । କେତେଗୁଡ଼ିଏ ସାବଧାନତା ଅବଲମ୍ବନ କରିବାକୁ ହେବ । ଖାଦ୍ୟ, ପାନୀୟ ସଙ୍ଗରେ ନେବାକୁ ହେବ । ମଝିରେ ମଝିରେ ଜାହାଜରେ ପାଣି ଝରୁଥାଏ ତାକୁ ମଧ ରବରଗଛର ଅଠାଦେଇ ବନ୍ଦ କରିବାକୁ ହେବ । ଜାହାଜର ନାଁ ଦିଆହୋଇଥାଏ "ବାହାଦୁର ।"

ସବୁଜ ଦ୍ୱୀପର କେତେଜଣ ଭଲ ଛାତ୍ରଛାତ୍ରୀ ମଧ ଉଚ ଶିକ୍ଷା ପାଇଁ ଭାରତ ଯିବାର ସ୍ଥିର ହେଇଥାଏ । କେତେଜଣ ମୁରବି ମଧ ବନ୍ଧୁତା ଚୁକ୍ତି ସ୍ୱାକ୍ଷର ପାଇଁ ଯିବାର ସ୍ଥିର ହେଇଥାଏ । ସମସ୍ତେ ଭାବୁଥାନ୍ତି ଯଦି ପିଲାଙ୍କ ଦ୍ୱାରା ମରାମତ ହୋଇଥିବା ଜାହାଜରେ ସମୁଦ୍ର ମଝିରେ କିଛି ଗୋଲମାଲ ହୁଏ ତେବେ ବାହାଦୁର ଭଳି ସମସ୍ତେ ସହିଦ୍ ହେଇଯିବେ ଦେଶ-ପ୍ରୀତିର ନିଶାରେ ।

ବାହାଦୁରର ପୁନର୍ଜନ୍ମ

ବାହାଦୁର ତ ସମୁଦ୍ର ମଝିରେ ଜାହାଜଠାରୁ ସ୍ରୋତରେ ଛାଡ଼ି ଖସି ପଡ଼ିଲା। ତା'ର ଝୁରି ପାଦରେ ଡୋଲ୍‌କି ନିଜ ଘୁଙ୍ଗୁରକୁ ବାନ୍ଧି ଦେଇଥିଲା। ସେଇ ଶବ୍ଦରେ ଜାହାଜର ସମସ୍ତେ ରୁହିଁଲେ। ଦେଖିଲେ ହାତ ପାହାନ୍ତାରେ ସୁନ୍ଦର ଧଳା କୁକୁରଟିଏ ବୁଡ଼ିଯାଉଛି। ସଙ୍ଗେ ସଙ୍ଗେ ତାକୁ ପାଣିରୁ ଛାଣି ନେଲେ। ସେ ପାଣିରେ ପଡ଼ିବାରୁ ବଞ୍ଚିଗଲା ବୋଲି ସମସ୍ତେ କହିଲେ। ନଚେତ୍‌ ଏତେ ଉଚ୍ଚରୁ ଜାହାଜ ଭିତରେ ପଡ଼ିଥିଲେ ଛତୁ ହେଇଯାଇଥାନ୍ତା। ବାହାଦୁର ମରି ନଥାଏ। ବେହୋସ ହୋଇଯାଇଥାଏ। ସଙ୍ଗେ ସଙ୍ଗେ ଚିକିତ୍ସା ଆରମ୍ଭ ହେଲା। ତା'ର

ଚେତା ଆସ୍ତେ ଆସ୍ତେ ଫେରିଲା। ବାଉଳା ହେଇ ସେ ମୁଣ୍ଡ ଗଡ଼ାଉଥାଏ। ସମସ୍ତେ ଭାବୁଥାନ୍ତି ଆକାଶରୁ ଏଡ଼େ ସୁନ୍ଦର କୁକୁରଟିଏ କେମିତି ଗଳି ପଡ଼ିଲା। ପାଦରେ ପୁଣି ଘୁଙ୍ଗୁର, ବେକରେ ଫୁଲମାଳ, କପାଳରେ ସିନ୍ଦୂର ଟିକା, ବଡ଼ ଆଶ୍ଚର୍ଯ୍ୟ କଥା। ବାହାଦୁର ପାଟିକୁ ଜୋରରେ ବନ୍ଦକରି ରଖିଥାଏ। ଯେତେବେଳେ ଭଲ ହେଇ ତା'ର ଚେତା ଫେରିଲା, ସେ ଆଖି ମିଟିମିଟି କରି ସମସ୍ତଙ୍କୁ ଚହିଁଲା। ସେ ଜାଣିପାରିଲା ଯେ ତା'ର ଏତେ ଦିନର ସାଧନା ସଫଳ ହେଇଛି। ପ୍ରଥମେ ସେ ଉଠିପଡ଼ି ଖୁସିରେ ଥୋଡ଼ାଏ ନାଚିଗଲା। ଢୋଲକିଠାରୁ ଓଡ଼ିଶୀ ନାଚ ଦେଖି ବାହାଦୁର ମଧ ଠିକ୍ ତାଳ ଓ ଲୟରେ ପାଦ ପକାଇ ପାରେ। ତା'ର ସୁନ୍ଦର ତାଳର ନାଚ ଦେଖି ସମସ୍ତେ ଅବାକ୍ ହେଇଗଲେ। ନାଚିସାରି ସେ ମୁଣ୍ଡ ନୂଆଁଇ ସମସ୍ତଙ୍କୁ ଅଭିବାଦନ ଜଣାଇଲା। ସମସ୍ତେ ଆହୁରି ଖୁସି ହେଇଗଲେ। ବାହାଦୁର ତାଙ୍କ ହାତରେ ଚିଠିଟିକୁ ପାଟିରୁ କାଢ଼ି ଥୋଇଦେଲା। ସମସ୍ତେ ଏତେବେଳକେ ବୁଝିପାରିଲେ ବାହାଦୁର କାହିଁକି ଏତେ ଜୋରରେ ପାଟିକୁ ବୁଜି ପଡ଼ି ରହିଥିଲା। କୁକୁରଟାର କି ବୁଦ୍ଧି ଓ ପ୍ରଭୁଭକ୍ତି !

ଚିଠି ପଢ଼ି ସମସ୍ତେ ଅବାକ୍ ହେଇଗଲେ। ମଣିଷଖିଆ ଦ୍ୱୀପ ପୁଣି ହେଇଛି ସବୁଜଦ୍ୱୀପ ଏବଂ ବନ୍ଧୁଦେଶ ! ବଡ଼ ମଣିଷମାନଙ୍କ ଦ୍ୱାରା ଯାହା ସମ୍ଭବ ହେଇପାରି ନ ଥିଲା ସେ କଥା ପୁଣି କେତେଜଣ ମେଣ୍ଢ଼ ଛୁଆଙ୍କ ଦ୍ୱାରା ସମ୍ଭବ ହେଇଛି ! ସେଠରେ ପୁଣି ଅଛନ୍ତି ଅନ୍ଧ, ଛୋଟା, ଘୁଙ୍ଗା ଆଦି କେତେ ଦିବ୍ୟାଙ୍ଗ ଶିଶୁ। ସେଇମାନେ ପୁଣି ସାଧାରଣ ପିଲାଙ୍କ ଭଳି ଶିକ୍ଷା ଓ ଶିଳ୍ପର ବିକାଶରେ ସାହାଯ୍ୟ କରିଛନ୍ତି !! ତା'ହେଲେ ଦିବ୍ୟାଙ୍ଗ ଶିଶୁମାନଙ୍କୁ ଉପଯୁକ୍ତ ଶିକ୍ଷା ଓ ସୁବିଧା ମିଳିଲେ ସେମାନେ ତ ସବୁକିଛି ସୁନ୍ଦର ଭାବରେ କରିପାରିବେ।

ଜାହାଜ ଫେରିଲା

ଦିନେ ସକାଳୁ ସବୁଜ ଦ୍ୱୀପର କୂଳେ କୂଳେ ବଡ଼ ଜାହାଜଟିଏ ଆସୁଥିବାର ସମସ୍ତେ ଦେଖିଲେ । ସମସ୍ତେ ଭାବିଲେ ପିଲାଙ୍କ ମରାମତ ଜାହାଜ ଦେଖି ଅନ୍ୟ ଜାହାଜଟି ଏଇ ଦ୍ୱୀପକୁ ବନ୍ଦର ଭାବି ଲଙ୍ଗର ପକାଉଛି । ସମସ୍ତେ ଖୁସିରେ ନାଚିଗଲେ । ଏଥର ସେଇ ଜାହାଜରେ ନିରାପଦରେ ଫେରିଯାଇ ହେବ । ଆହା ! ବାହାଦୁର ଆଉ କିଛିଦିନ ଅପେକ୍ଷା କରି ଯାଇଥିଲେ ହେଇଥାନ୍ତା । କିନ୍ତୁ ଦେଶକାମ ପାଇଁ କ'ଣ ବର୍ଷ ବର୍ଷ ଅପେକ୍ଷା କରିହୁଏ ?

ସବୁଜ ଦ୍ୱୀପରେ ନୂତନ ଉସ୍ସାହ ଖେଳିଗଲା । ଆଜି ଏତେଦିନ ପରେ ବନ୍ଧୁଦେଶର ମଣିଷମାନେ ଆସିଛନ୍ତି । ତାଙ୍କୁ ଠିକ୍ ଭାବେ ସ୍ୱାଗତ ଜଣାଇବାକୁ ହେବ । ସବୁଜଦ୍ୱୀପର ସମସ୍ତେ ଏକାପ୍ରକାର ପୋଷାକ ପିନ୍ଧି ଫୁଲମାଲ ଧରି ସ୍ୱାଗତ ସଙ୍ଗୀତ ଗାଇ ଗାଇ ନୂତନ ଅତିଥିମାନଙ୍କୁ ସ୍ୱାଗତ କରିବା ପାଇଁ ସମୁଦ୍ରକୂଲରେ ଅପେକ୍ଷା କରିଥାନ୍ତି । ବନ୍ଧୁତା ସୂଚକ ଧ୍ୱନି ଦେଉଥାନ୍ତି ।

ଜାହାଜଟି ପାଖରେ ଲାଗିବାମାତ୍ରେ ସମସ୍ତଙ୍କୁ ଆଶ୍ଚର୍ଯ୍ୟ କରିଦେଇ ବାହାଦୁର ଫକ୍ କରି ଡେଇଁପଡ଼ିଲା । ଯେତେକ ଫୁଲମାଲ ଆଗ ପଡ଼ିଲା ବାହାଦୁର ବେକରେ । ତା' ବେକ ବଙ୍କା ହେଇଯିବା ଉପରେ । ତା'ପରେ ଅନ୍ୟ ଅତିଥିମାନଙ୍କ ବେକରେ ଫୁଲମାଲ ଦିଆଗଲା । ପ୍ରଥମେ ତିନିଜଣ ପିଲା ମହାତ୍ମାଗାନ୍ଧିଙ୍କ ତିନିମାଙ୍କଡ଼ ପରି ସମସ୍ତଙ୍କ ସାମ୍ନାରେ ବସିପଡ଼ିଲେ । ତା ଦ୍ୱାରା ସେମାନେ ଜଣାଇଦେଲେ ଯେ ଆମେ ଆଉ ମଣିଷ ହେଇ ମଣିଷ ମାଂସ ଖାଉନାହୁଁ । ଆମେ ଖରାପ କଥା କହିବୁ ନାହିଁ; ଖରାପ କଥା ଶୁଣିବୁ ନାହିଁ; ଖରାପ କଥା ଦେଖିବୁ ନାହିଁ । ଜାହାଜର କ୍ୟାପ୍ଟେନ୍ ଖୁସି ହେଇଯାଇ ତାଙ୍କର ମୁଖ୍ୟ ଲୋକଙ୍କ ସଙ୍ଗେ ହାତ ମିଳାଇଲେ । ସବୁଜ ଦ୍ୱୀପକୁ ବନ୍ଧୁଭାବରେ ଗ୍ରହଣ କଲେ ।

ବାହାଦୁର ମରିନାହିଁ ବୋଲି ସମସ୍ତେ ଖୁସିରେ ବାହାଦୁରକୁ କାନ୍ଧରେ ବସାଇ ଦ୍ୱୀପର ଚାରିଆଡ଼େ ବୁଲିଆସିଲେ । ଚାରିଆଡୁ ବାହାଦୁର ଉପରେ ଫୁଲ ବୃଷ୍ଟି ହେଉଥାଏ । ସ୍କୁଲ ସାମ୍ନାରେ ବାହାଦୁର ନିଜର ସୁନ୍ଦର ମୂର୍ତ୍ତିକୁ ଦେଖି ଭାବିଲା, ବୋଧହୁଏ ତାରି ଭଳି ଆଉ ଏକ କୁକୁର ଏ ଦ୍ୱୀପରେ କେଉଁଠି ଥିଲା । ତା ଅନୁପସ୍ଥିତିରେ ସେ ହେଇଛି

ଏ ଦ୍ୱୀପର ଜଗୁଆଳି । ସେ ପିଲାଙ୍କ କାନ୍ଧରୁ ଡେଇଁପଡ଼ି ଦୁଇହାତରେ ନିଜର ମୂର୍ତ୍ତିକୁ କୁଣ୍ଢାଇ ପକାଇ ଅଭିନନ୍ଦନ ଜଣାଇଲା । ସମସ୍ତେ ଏତେ ବୁଦ୍ଧିଆ ବାହାଦୁରର ଏ ବୋକାମି ଦେଖି ଟୋ ଟୋ ହସି ଉଠିଲେ । କିନ୍ତୁ ଜାହାଜର କ୍ୟାପ୍ଟେନ୍ କହିଲେ– "ଏଥିରେ ହସିବାର କିଛି ନାହିଁ । ବରଂ ଶିଖିବାର କିଛି ଅଛି । ଆମେ ମଣିଷମାନେ ବଡ଼ ଈର୍ଷାଳୁ । ନିଜ ସ୍ଥାନରେ ଆଉ କାହାକୁ ଦେଖିଲେ ଆମେ ହିଂସାରେ ଜଳିଯାଉ । ତାକୁ ଆମର ଶତ୍ରୁ ମନେକରୁ । ଅଥଚ ବାହାଦୁର ପଶୁ ହେଇ ନିଜ ସ୍ଥାନରେ ଅନ୍ୟଜଣକର ଅଧିକାରକୁ ସ୍ୱାଗତ ଜଣାଇ ତାକୁ ବନ୍ଧୁ ଭାବରେ ଗ୍ରହଣ କରିଛି ।"

ଏତେବେଳ ପର୍ଯ୍ୟନ୍ତ ଓଲଟୁ, ପାଲଟୁ ଏବଂ ଢୋଲକି ସାମ୍ନାକୁ ଆସି ନଥାନ୍ତି । ସବୁଜ ଦ୍ୱୀପର ଅଧିବାସୀମାନଙ୍କ ଦ୍ୱାରା ସ୍ୱାଗତ ସମ୍ଭାଷଣ ଓ ଅତିଥିସତ୍କାର ଚଳିଥାଏ । ସମସ୍ତେ ମୁଗ୍ଧ ହେଉଥାନ୍ତି ସବୁଜ ଦ୍ୱୀପର ନୂତନ ସଭ୍ୟତା ଓ ଆତିଥ୍ୟରେ । ତା'ପରେ ଓଲଟୁ, ପାଲଟୁ ଓ ଢୋଲକି କ୍ୟାପ୍ଟେନ୍ଙ୍କ ସାମ୍ନାକୁ ଆସି ନମସ୍କାର କଲେ ।

ସେ ଆଶ୍ଚର୍ଯ୍ୟ ହେଇ ପ୍ରଶ୍ନ କଲେ– "ଆଚ୍ଛା, ତମେମାନେ କ'ଣ ସେଇ ଘର ଛାଡ଼ି ପଳାଇଥିବା ତିନି ଭାଇ ଭଉଣୀ ଓଲଟୁ, ପାଲଟୁ ଓ ଢୋଲକି ?"

ନମ୍ରଭାବରେ ଓଲଟୁ କହିଲା– "ଆଜ୍ଞା ହଁ । କିନ୍ତୁ ଆପଣ କେମିତି ଆମ କଥା ଜାଣିଲେ ?"

କ୍ୟାପ୍ଟେନ୍ ସମ୍ବାଦପତ୍ର ବାହାର କରି ଦେଖାଇଲେ । ସେଥିରେ ତିନିଜଣଙ୍କର ଫଟୋ ଛପା ହୋଇଥିଲା । ତାଙ୍କର ବୟସ ଓ ଚେହେରା ବର୍ଣ୍ଣନା କରାଯାଇଥିଲା । ସେମାନଙ୍କ ଖବର ଯିଏ ପାଇବ ତାଙ୍କର

ବାପା, ମା'ଙ୍କୁ ଜଣାଇବା ପାଇଁ ଅନୁରୋଧ କରାଯାଇଥିଲା । ଶେଷରେ ବାପା ଓ ମାଆ ଅତି କରୁଣ ଭାବରେ ଲେଖିଥିଲେ– "ବାପାରେ ! ଧନରେ ! ମା'ରେ ! ଆମର ଜୀବନ ଶଙ୍ଖାଳି ଓଲଟୁ, ପାଲଟୁ ଓ ଢୋଲକି ! ତମେ ଫେରିଆସ । ତମେ ତ ଅବାଧ୍ୟ ପିଲା ନୁହଁ, ଖରାପ୍ ପିଲା ନୁହଁ, କାହିଁକି ତମେ ଘରଛାଡ଼ି ଚାଲିଗଲ ? ତମବିନା ଆମର ଦୁଃଖ କହିଲେ ନ ସରେ..."

ସେମାନେ ଘରଛାଡ଼ିବା ଦିନଠାରୁ ସବୁ ସମ୍ୱାଦପତ୍ରରେ ତାଙ୍କର ଫଟୋସହ ଏଇ କଥା ବାହାରୁଥାଏ । ତେଣୁ ତାଙ୍କୁ ଦେଖୁ ଦେଖୁ ସମସ୍ତେ ଚିହ୍ନିପକାଇବା ସମ୍ଭବ । ବାପା ମା' କେଡ଼େ ଦୁଃଖରେ ଅଛନ୍ତି ସେଇକଥା ଭାବି ତିନିଜଣ ଜାକ କାନ୍ଦି ପକାଇଲେ । କ୍ୟାପ୍ଟେନ୍ କହିଲେ– "ତମେ ବାପା ମା'ଙ୍କୁ ଦୁଃଖ ଦିଅ ପଛକେ ଗୋଟାଏ ନୂଆ ସଭ୍ୟତା ତିଆରି କରି ଯାଇଛ । ନୂତନ ଦ୍ୱୀପ ଆବିଷ୍କାର କରି ନୂଆ ବନ୍ଧୁ ପାଇଛ । ତେଣୁ ସେମାନେ ତମକୁ କ୍ଷମାଦେବେ ।"

ଓଲଟୁ, ପାଲଟୁ ଓ ଢୋଲକି କହିଲେ– "ନା, ନା, ଯେତେ ଭଲକାମ କରିବାକୁ ଗଲେ ମଧ୍ୟ ବାପା ମାଆଙ୍କୁ ନକହି, ତାଙ୍କର ଅମାନିଆ ହେଇ, ତାଙ୍କୁ ଦୁଃଖ ଦେଇ ଘରୁ ଗୋଡ଼ କାଢ଼ିବା ଉଚିତ ନୁହେଁ । ଆମେ ତ ଆସିଥିଲୁ ପାଠକୁ ଫାଙ୍କିମାରି ବଣଭୋଜି କରିବାପାଇଁ । ବାହାଦୁରର ସାହାଯ୍ୟ ଆଉ ମନର ବଳରେ ବଞ୍ଚି ରହିଛୁ କେତେ ବିପଦରୁ ଉଦ୍ଧାର ପାଇ । ଏଣିକି ଯାହା କରିବୁ ବାପା ମା'ଙ୍କୁ ପଚରି କରିବୁ । ଭଲକାମ ପାଇଁ ସେମାନେ ତ କେବେ ହେଲେ ବାରଣ କରିବେ ନାହିଁ । ଆମ ଜାତିର ପିତା ମହାତ୍ମାଗାନ୍ଧି ପରା ଘେରି କରି ବାପାଙ୍କ ପାଖରେ ମାନି ଯାଇଥିଲେ । ଜୀବନର କୌଣସି କଥା ବାପା

ମା'ଙ୍କୁ ଲୁଚିଇବା ଉଚିତ ନୁହେଁ । ସେମାନେ ଆମର ପ୍ରଥମ ଗୁରୁ । ଦୋଷ କଲେ ସେମାନେ ଦଣ୍ଡ ଦେବେ ପୁଣି କ୍ଷମା ଦେବେ, କୋଳକୁ ନେବେ । ଆହା, ଆମ ପାଇଁ ବାପା ମା' ଦୁହେଁ ଝୁରି ହେଇଥିବେ । ଆମକୁ ଶୀଘ୍ର ମା' ବାପାଙ୍କ ପାଖକୁ ନେଇ ଯିବନ୍ତୁ ।"

କ୍ୟାପ୍ଟେନ୍ ପିଲାମାନଙ୍କ ପିଠି ଥାପୁଡ଼େଇ କହିଲେ— "ତମେମାନେ ନିଶ୍ଚୟ ଦିନେ ଜଣେ ଜଣେ ବଡ଼ ମଣିଷ ହେବ । ଯିଏ ନିଜର ବାପା, ମା', ଗୁରୁଜନ ଆଉ ଜନ୍ମଭୂଇଁକୁ ଭଲପାଏ ଆଉ ତାଙ୍କପ୍ରତି ନିଜର କର୍ତ୍ତବ୍ୟ କରେ ସେ ନିଶ୍ଚୟ ଦିନେ ନା ଦିନେ ଯଶ ଅର୍ଜନ କରିବ । ତମେମାନେ ବ୍ୟସ୍ତ ହୁଅନାହିଁ । ମୁଁ ଜାହାଜରୁ ଓ୍ୱାରଲେସ୍ ଯନ୍ତ୍ର ସାହାଯ୍ୟରେ ତମ ଫେରିବା କଥା ଓ ବିଜୟ କାହାଣୀ ତମର ବାପା ମା'ଙ୍କୁ ଜଣାଇଦେବା ପାଇଁ ସମ୍ବାଦ ପଠାଉଛି । ତମର ବାପା ମା' ଟେଲିଭିଜନ ଯନ୍ତ୍ରରେ ମଧ୍ୟ ତମକୁ ଜାହାଜରେ ବସି ଫେରୁଥିବାର ଦେଖି ପାରିବେ । ଆମ ଜାହାଜରେ ସେଇଭଳି ବ୍ୟବସ୍ଥା ରହିଛି । ଖୁବ୍ ଶୀଘ୍ର ତମେମାନେ ତମ ବାପା ମା'ଙ୍କ କୋଳକୁ ଫେରିଯାଉଛ । ଆଉ ଚିନ୍ତା କ'ଣ ?"

ଓଲ୍ଟୁ କହିଲା— "କେବଳ ଆମେ ନୁହେଁ, କେତେ ମା' ବାପାଙ୍କ କୋଳରୁ ଡକାୟତ ଛଡ଼ାଇ ଆଣିଥିବା ପିଲାମାନେ ମଧ୍ୟ ତାଙ୍କ ମା' ବାପାଙ୍କ କୋଳକୁ ଫେରିଯାଉଛନ୍ତି ।"

ବିଦାୟ ବନ୍ଧୁ ସବୁଜ ଦ୍ୱୀପ

    ବିଦାୟର ଦିନ ଉପସ୍ଥିତ ହେଲା। ସବୁଜ ଦ୍ୱୀପର ସେଦିନର ମଣିଷଖିଆ ଅସଭ୍ୟ ଅଧିବାସୀଙ୍କ ଆଖିରେ ଲୁହ। ଓଲଟୁ, ପାଲଟୁ ଢୋଲକି, ବାହାଦୁର, ଅନ୍ୟ ଦିବ୍ୟାଙ୍ଗ ଭାଇ ଭଉଣୀମାନେ ଯେମିତି ବିଦେଶୀ ନୁହଁନ୍ତି। ସେମାନେ ଯେମିତି ତାଙ୍କ ପରିବାରର ଜଣେ ଜଣେ ପିଲା। କିନ୍ତୁ ସେମାନେ ତ ନିଜର ଜନ୍ମଭୂମିକୁ ଫେରିବେ। ବହୁତ ଉପହାର ସେମାନଙ୍କୁ ଦିଆହେଲା। ସବୁଜ ଦ୍ୱୀପର ସୁନ୍ଦର ଫୁଲ, ବିଚିତ୍ର ହସ କାନ୍ଦ ଫଳ, ଚୁମ୍ବକପଥର ଆଉରି କେତେକଣ ସେମାନଙ୍କୁ ଦିଆହେଲା। ଓଲଟୁ, ପାଲଟୁ ଓ ଢୋଲକି ସମସ୍ତଙ୍କୁ

ବିଦାୟ ମାଗି ପ୍ରଣାମ ଜଣାଇ କହିଲେ– “ଆମେ ପୁଣି ଫେରି ଆସିବୁ ବଡ଼ ବୈଜ୍ଞାନିକ ହୋଇ, ବଡ଼ ଇଞ୍ଜିନିୟର, ବଡ଼ ଡାକ୍ତର ହୋଇ। ତମ ପିଲାମାନେ ମଧ୍ୟ ବଡ଼ମଣିଷ ହୋଇ ଫେରିବେ। ସବୁଜ ଦ୍ୱୀପ ସେଇମାନଙ୍କ ହାତରେ ପାଲଟିବ ସୁବର୍ଣ୍ଣଦ୍ୱୀପ। ତମେ ଆମର ବନ୍ଧୁ– ତମେ ଆମ ଦେଶକୁ ଆସିବ। ଆମେ ତମ ଦେଶକୁ ଆସିବୁ। ତମ ଦେଶର ଉନ୍ନତି କରିବାରେ ଆମେ ସାହାଯ୍ୟ କରିବୁ। ତମେ ମଧ୍ୟ ଆମକୁ ପ୍ରତି କଥାରେ ସହଯୋଗ କରିବ। ଶାନ୍ତି, ମୈତ୍ରୀ, ପ୍ରୀତି, ସାହାଯ୍ୟ-ସହଯୋଗ ବିନା ଏ ପୃଥିବୀରେ ମାନବ ସଭ୍ୟତା କ’ଣ ସମ୍ଭବ ହେଇପାରେ। ତୁମ ଦ୍ୱୀପଟି ଏଡ଼େ ସୁନ୍ଦର, ତୁମେମାନେ ଏତେ ବଳୁଆ ଓ ସୁସ୍ଥ କାରଣ ତୁମେ ବୃକ୍ଷ କାଟ ନାହିଁ। ବୃକ୍ଷକୁ ତୁମେ ପୂଜା କର। ବୃକ୍ଷ ହିଁ ମଣିଷର ପ୍ରକୃତ ବନ୍ଧୁ। ତା’ରି ଯୋଗୁ ଆମେ ବଞ୍ଚିଛୁ। ଆମର ଗୋଟିଏ ଅନୁରୋଧ ମନେରଖିବ ଭବିଷ୍ୟତରେ ସଭ୍ୟତା ବଢ଼ିଲେ ମଧ୍ୟ ତୁମେ ବୃକ୍ଷ କାଟିବ ନାହିଁ। ଯଦିବା କୌଣସି ବୃକ୍ଷକୁ କାଟିବାକୁ ପଡ଼େ ତେବେ ଏ ଦ୍ୱୀପରେ ତା’ ବଦଳରେ ଦଶଟି ବୃକ୍ଷ ଲଗାଇବ। ଏହା ହିଁ ତୁମର ମନ୍ତ୍ର ହେଉ।”

ନୀଳ ସମୁଦ୍ରରେ ଜାହାଜ ଭାସିଗଲା ସବୁଜ ଦ୍ୱୀପକୁ ଛାଡ଼ି। ସବୁଜ ଦ୍ୱୀପର ସବୁଜ ପତାକା ଉଡ଼ୁଥିଲା ଫରଫର। ସମସ୍ତେ କହୁଥିଲେ– “ବିଦାୟ ଆମର କୁନି କୁନି ବନ୍ଧୁମାନେ। ତମର ଉନ୍ନତି ପଛରେ ଆମର ଶୁଭେଚ୍ଛା ଚିରଦିନ ଝରୁଥିବ...” ଓଲଟୁ, ପାଲଟୁ ଓ ଢୋଲକିଙ୍କ ଆଖି ଆଗରେ ମା’ବାପା ଏବଂ ନିଜ ଜନ୍ମଭୂଇଁର ସୁନ୍ଦର ମନଲୋଭା ଛବି ନାଚି ଉଠୁଥିଲା...। ଟେଲିଭିଜନ ପାଖରେ ବସି ଦେଶର ଅନ୍ୟ ପିଲାମାନେ କହୁଥିଲେ– “ସାବାସ୍ ତିନି ଓସ୍ତାଦ୍।”

ପ୍ରତିଭା ରାୟ ଅଳ୍ପ କିଛିବର୍ଷ ଶିକ୍ଷକତା କରିବା ପରେ ଓଡ଼ିଶାର ସର୍ବପ୍ରାଚୀନ ମହାବିଦ୍ୟାଳୟ ରେଭେନ୍ସା କଲେଜରେ ଅଧ୍ୟାପନା କରିଥିଲେ। ସେ ଶିଶୁ ମନସ୍ତତ୍ତ୍ୱ ଉପରେ ଗବେଷଣା କରି ଉତ୍କଳ ବିଶ୍ୱବିଦ୍ୟାଳୟରୁ ପିଏଚ୍.ଡି ଲାଭ କରିଥିଲେ। ଓଡ଼ିଶା ସରକାରଙ୍କ ଲୋକସେବା ଆୟୋଗରେ କାର୍ଯ୍ୟକରି ସେ ଅବସର ଗ୍ରହଣ କରିଥିଲେ। ବାଲ୍ୟକାଳରୁ ତାଙ୍କର ଲେଖାଲେଖି ପ୍ରତି ଆଗ୍ରହ ଥିଲା ଏବଂ ଓଡ଼ିଆ ଭାଷା ସାହିତ୍ୟ ଥିଲା ତାଙ୍କର ପ୍ରିୟ ବିଷୟ। ପଞ୍ଚମ ଶ୍ରେଣୀରୁ ସେ କବିତା ଲେଖା ଆରମ୍ଭ କରିଥିଲେ ଏବଂ ସପ୍ତମ ଶ୍ରେଣୀରେ ପଢ଼ୁଥିବା ବେଳେ ତାଙ୍କର କବିତା ପ୍ରଥମକରି ଏକ ପ୍ରତିଷ୍ଠିତ ପତ୍ରିକାରେ ପ୍ରକାଶ ପାଇଥିଲା। ତା'ପରଠୁ ସେ ଲେଖି ଚାଲିଲେ, କବିତାରୁ ଗଳ୍ପ ଓ ପରେ ଉପନ୍ୟାସ। ପିଲାମାନଙ୍କ ପାଇଁ ମଧ୍ୟ ସେ ଅନେକ ଗଳ୍ପ ଓ କବିତା ଲେଖିଛନ୍ତି।

ପ୍ରତିଭା ରାୟ

ସେ କୁହନ୍ତି "ଯେଉଁ ମଣିଷ ଫୁଲ ଏବଂ ଶିଶୁଙ୍କୁ ଭଲ ନପାଏ ତା' ଭିତରେ ମଣିଷପଣିଆ କମ୍।" ତାଙ୍କର ଏଯାବତ୍ ଅନେକ ଉପନ୍ୟାସ, ଗଳ୍ପ ସଂକଳନ, ଶିଶୁ ସାହିତ୍ୟ, ଭ୍ରମଣ କାହାଣୀ, କବିତା ଗ୍ରନ୍ଥ ଓ ଆତ୍ମଜୀବନୀ ପ୍ରକାଶ ପାଇଛି। ଓଡ଼ିଶାର ସମସ୍ତ ମର୍ଯ୍ୟାଦାବନ୍ତ ପୁରସ୍କାର ସେ ପାଇସାରିଛନ୍ତି। ଭାରତ ସରକାରଙ୍କ ସାହିତ୍ୟ ଏକାଡେମୀ ପୁରସ୍କାର ସେ ପାଇଥିଲେ ୨୦୦୦ ମସିହାରେ। ସାହିତ୍ୟ ପାଇଁ ଭାରତର ଶ୍ରେଷ୍ଠ ପୁରସ୍କାର ବିବେଚିତ ହେଉଥିବା 'ଜ୍ଞାନପୀଠ ପୁରସ୍କାର' ସେ ପାଇସାରିଛନ୍ତି ୨୦୧୧ ମସିହାରେ। ଭାରତ ସରକାରଙ୍କ ଦ୍ୱାରା ୨୦୦୭ରେ ସାହିତ୍ୟ ଓ ଶିକ୍ଷା କ୍ଷେତ୍ରରେ ଅବଦାନ ପାଇଁ ସେ 'ପଦ୍ମଶ୍ରୀ' ସମ୍ମାନରେ ସମ୍ମାନିତା ହୋଇଛନ୍ତି। ସେ ଭାରତର ପ୍ରାୟ ସବୁ ସ୍ଥାନ ଏବଂ ପୃଥିବୀର ୪୦ଟି ଦେଶ ଭ୍ରମଣ କରିଛନ୍ତି। ତାଙ୍କର ରଚନାଗୁଡ଼ିକ ଶିଶୁ ଏବଂ ପ୍ରବୀଣ ପାଠକମାନଙ୍କ ଦ୍ୱାରା ଆଦରଲାଭ କରିଛି। ସେ ଓଡ଼ିଶାର ଘରେ ଘରେ ପରିଚିତା। ତାଙ୍କର ଲେଖା ଭାରତର ପ୍ରାୟ ସବୁ ଭାଷାରେ ଓ ଅନ୍ୟାନ୍ୟ ବିଦେଶୀ ଭାଷା ଓ ଇଂରାଜୀରେ ଅନୁଦିତ ହୋଇଛି। ଓଡ଼ିଆ ଭାଷା ହେଉଛି ଏକ ଅତ୍ୟନ୍ତ ପ୍ରାଚୀନ ଓ ସମୃଦ୍ଧ ଭାଷା। ନିଜ ଭାଷାକୁ ନେଇ ସେ ଗର୍ବ କରନ୍ତି। ସେ କହନ୍ତି "ପୃଥିବୀର ଯେତେ ଭାଷାରେ ପ୍ରବୀଣ ହୁଅନ୍ତୁ ପଛକେ ଯେଉଁମାନେ କୌଣସି କାରଣରୁ ନିଜ ଭାଷାକୁ ଭୁଲିଯାଇଛନ୍ତି ସେମାନେ ନିଜ ସଂସ୍କୃତିଠାରୁ ବିଚ୍ଛିନ୍ନ ହୋଇଯାଇଛନ୍ତି। ଭାଷା ହେଉଛି ମଣିଷର ପରିଚିତି ଓ ସଂସ୍କୃତି ହେଉଛି ମଣିଷର ସମୃଦ୍ଧିର ମୂଳଦୁଆ। ଯେଉଁ ପିଲାମାନେ ବିଦେଶରେ ରହି ନିଜର ମାତୃଭାଷା ଓଡ଼ିଆକୁ ଭୁଲିଯାଉଛନ୍ତି ତାହା ସେମାନଙ୍କର ଦୋଷ ନୁହେଁ, ସେମାନଙ୍କ ପିତାମାତାଙ୍କ ଦୋଷ। ଯେଉଁ ଦେଶରେ ରହିବ ସେ ଦେଶର ଭାଷାରେ ପ୍ରବୀଣ ହେବା ଅତ୍ୟନ୍ତ ଆନନ୍ଦର ବିଷୟ। କିନ୍ତୁ ତା' ସହିତ ଓଡ଼ିଶାର ଶିଶୁସାହିତ୍ୟଗୁଡ଼ିକୁ ପଢ଼ି ଓଡ଼ିଆ ଭାଷା ଶିକ୍ଷା କରିପାରିଲେ ସେମାନଙ୍କର ବ୍ୟକ୍ତିତ୍ୱ ସମୃଦ୍ଧ ହେବ ବୋଲି ତାଙ୍କର ଦୃଢ଼ ମତ। ସେ ଓଡ଼ିଶାର ରାଜଧାନୀ ଭୁବନେଶ୍ୱରରେ ଅବସ୍ଥାନ କରନ୍ତି।

Website: htpp://pratibharay.com

BLACK EAGLE BOOKS

www.blackeaglebooks.org
info@blackeaglebooks.org

Black Eagle Books, an independent publisher, was founded as a nonprofit organization in April, 2019. It is our mission to connect and engage the Indian diaspora and the world at large with the best of works of world literature published on a collaborative platform, with special emphasis on foregrounding Contemporary Classics and New Writing.